重啟人生的千金小姐正在攻略龍帝陛下

1

永瀬さらさ

Sarasa Nagase

Kadokawa Fantastic Novels

插畫／藤未都也

contents

吉兒·薩威爾
婚約遭作廢，還被下令處決，在即將死亡的瞬間從十六歲穿越時空回到十歲的時間點。擁有令人畏懼的強大魔力而被稱為「軍神大小姐」
重啟人生的千金小姐正在攻略龍帝陛下
哈迪斯·提歐斯·拉維
拉維帝國的年輕皇帝。
龍神拉維轉世，被稱作「龍帝」。

傑拉爾德・迪亞・克雷托斯

克雷托斯的王太子。
在原本的時間線裡，為吉兒的未婚夫。

拉維

龍神。
沒有強大魔力的人看不見祂的樣貌。

蘇菲亞・德・貝魯

哈迪斯的未婚妻候補。

齊克

原為吉兒的部下，一名劍士。
現在為北方師團的士兵。

卡米拉（本名為卡米羅）

原為吉兒的部下，弓箭名手。
現在為北方師團的士兵。

～普拉堤大陸的傳說～

這塊土地是愛與大地的女神克雷托斯，以及真理與天空的龍神拉維各自眷顧守護的土地。
受到女神力量加持的克雷托斯王國，與受到龍神力量加持的

⚜序章⚜

摻雜著細雪的強風打在臉上，吹散沾在臉頰上的血跡與髮絲，那是一個凍人的夜晚。

吉兒想盡辦法登上台階最頂端，來到城牆上後單膝跪下，瞥了一眼城牆另一側，眼裡所見只有深不見底的一片漆黑。

她緊緊壓著正在出血的右肩卻止不住血，即使試著用魔力治療也無法順利療傷。有人在妨礙她，但沒有足夠時間查明原因。

而且為了讓自己逃到這個地方，魔力已即將用盡。

這樣的狀態下，實在很難想像會有救援從天而降。

「找到了，吉兒．薩威爾在那裡！」

聽到敵人的聲音後，她的身體便反射性地動了起來。這是多年來為了那名初戀在戰場上奔走的習慣。

吉兒將掛在腰上的長劍拔出後踏著石板路，追上來的士兵們見狀因此卻步。

她向前跨了一大步將劍揮出，迴轉後橫掃而過，舞動著劍想斬開一條血路，她的氣勢使得其中幾個人屈服而向後退，不過人數的差距太大了。

吉兒逐漸遭到包圍並被逼入絕境。

對手偏偏是這些人。直至昨天為止他們還是吉兒的夥伴，是要她守護的國民。為什麼？這樣的念頭以及失血的關係，讓她揮劍的動作變得遲鈍。

終究一屁股跌在地上，被士兵們的長槍與劍尖包圍。

「吉兒，到此為止了！」

那道凜然的聲音撼動著吉兒的身體。

從士兵隊伍深處，出現了一名看起來一點也不適合站在城牆邊的青年。他身上披著的藏藍色斗篷被暴風雪的強風吹得啪噠作響，那是只有克雷托斯的王族才允許使用的女神的顏色。

「……傑拉爾德殿下。」

吉兒所喚的名字，是這個國家的王太子，他輕輕向上推了推為了抑制魔力而戴著的眼鏡。

「妳本該是我的王妃，不但不認罪還脫逃出來，真不知羞恥……光想到菲莉絲會有多心痛，我也感到難過。」

「──你還是老樣子，非常為妹妹著想呢！」

戰場上本來不該口出無用之言。

不過面對忍不住出言諷刺的吉兒，傑拉爾德冷靜地答道：

「當然了，世上沒有任何人比我妹妹更重要。」

（閉嘴，這個混蛋妹控！）

她沒將這句話喊出口，並非害怕不敬之罪，而是心裡厭惡到了極點。

況且，即便再追加罪名，她也早已是被判定要處決的人了，而且是因為被誣賴──不，有條罪狀倒是心裡有數。真要說的話，就是「無法理解我跟我世界第一可愛妹妹的關係之罪」。好歹也安她一個無法理解之罪的名義。

暴風雪中悠然佇立的金髮王子原本是吉兒的未婚夫。吉兒在十歲時初次造訪王都，前往參加第一王子傑拉爾德・迪亞・克雷托斯的十五歲生日派對，在那天初次和他見面時就受到求婚，因而有了婚約關係。

吉兒的故鄉薩威爾邊境領地，是個自從神話時代起便戰亂不斷並且與拉維帝國鄰接的地區。這場求婚，可能只是因為某天也許會與拉維帝國發生戰爭，為了備戰而建立血親所採取的策略性求婚，這點吉兒還是明白的。不過傑拉爾德是個對他人與自己都相當嚴格認真、有責任感、值得尊敬的人。

更重要的是，他認同吉兒彷彿怪物的魔力，並對她說需要她的能力。

因此她能光明正大地使用自己的魔力，連在戰場上奔走也不引以為苦。即使過著與一般女生不同的青春時光，或被嘲笑是怪物、在戰場上才有笑容的冷血女人、男人婆，只要想到傑拉爾德這位王子需要自己，便完全不以為意。

她因建立戰功被稱為軍神大小姐，十六歲時比其他年紀相仿的男生收到更多來自女生的情書，她也不以為意地度過了這段時光。

只是沒想到傑拉爾德的本性，是個與妹妹談禁忌之戀的變態。

傑拉爾德溺愛的妹妹名叫菲莉絲・迪亞・克雷托斯，這位第一王女至今的人生幾乎都在床上度過，是個體弱多病的少女。她幾乎沒有外出，吉兒見過她的次數屈指可數。

不過任何人只要見到她，都會被其魅力擄獲，是名天使般的少女。因此看到傑拉爾德如此寵溺她，大家都能感同身受。傑拉爾德只要聽到妹妹身體狀況不佳，無論是吉兒的生日派對或婚約紀念日都會全部爽約。即便她只是半開玩笑地表達些微不滿，也會遭到城裡的人白眼以待，傑拉爾德本人更會強烈譴責，接著在連個招呼都不能打的狀況下，直接被送往戰場。在那裡讓體貼的部下安慰自己，並反省自己的度量狹小。

畢竟誰也不會想到，一般而言——未婚夫的外遇對象，居然會是他本人的親妹妹。

不對，嚴格說來他劈腿的對象是自己才對。他們締結婚約，一開始就是為了掩蓋與妹妹的禁斷之戀。吉兒完全像個小丑，最近才知道這個令她長年的愛慕之情瞬間冷卻的事實，這使她的心情已經超越悲傷或憤怒，只覺得可笑而已。

（原以為他是個為妹妹著想的好哥哥……只是稍微超過了點……）

然而，在吉兒知道事情真相後，傑拉爾德對她非常無情。

首先，他解除了婚約。雖然她全心全意地祈求，但事情發展卻無法僅止於此。

隔天，她被以自己沒犯過的罪行逮捕；接著隔天便關入牢獄中；緊接著隔天，她的審判結束了；再接著隔天，也就是今天決定要處決她。順道一提，處決將在明天執行。

為了保護王太子和他妹妹的名譽，真是迅速確實地封口行動。民眾似乎認為吉兒是因為對菲莉絲王女產生醜惡的妒忌，策劃進行毒殺才造成這樣的結果。即便不知是否為傑拉爾德指示那麼做的，聽說菲莉絲王女聲淚俱下地告發了這件事。

這種處理方式，也只能認為他們早已設想過事態發展而做好準備。吉兒不禁莫名地對傑拉爾德優秀的能力感動，並佩服原以為柔弱的菲莉絲。實際上，吉兒還得反省自己小看了她，畢竟那是公認毫無女性魅力的自己無法做到的表演。

她在這麼短的時間內遭到判決，身在故鄉的親友與正在短暫休假的部下們，想必來不及趕來救她，甚至吉兒的處決命令是否有確實布達出去都很可疑。不對，她連故鄉與自己的部下是否平安無事都不知道——

「不過，妳怎麼從牢裡逃出來的？我應該都已經解決掉妳養的狂犬們了。」

雖然已有覺悟，但看來連部下也早已遭到他的毒手，真是糟透了。傑拉爾德像要趁勝追擊般進一步分析吉兒。

「薩威爾家現在無法行動……看來得找到妳的內應者。」

「不必擔心這點，沒有內應者。我是用魔力破壞牢房出來的。」

「……真是的，薩威爾家的人就是這點討厭。」

原以為自己看到他驚訝的表情會覺得懷念，然而只感到空虛。

「原本打算如果妳做出聰明的判斷，至少還能賜予妳教育**克雷托斯王家之子**的榮譽……不過，這樣可能也好吧，菲莉絲的孩子若被教導成魔力強大四肢發達的笨蛋，我可受不了。」

原來如此，假如對傑拉爾德和妹妹的關係假裝視而不見，等著她的就會是那樣的未來啊。

事到如今，既然沒有被釋放的餘地，也沒有理解的必要，而且她的戀慕之心早已體無完膚地粉碎了。她不禁對自己感到一絲自嘲，真是謝天謝地。

（……我真是看走眼了，居然認為這男人很強大而尊敬他。）

得活下去才行——「鏘」地一聲，如此心想的吉兒將劍尖直立插入石板隙縫間，站了起來。

人非常容易就會死，這是她在戰場上看到不想再看而學到的事。若非死不可，至少要以讓這男人笑不出來的方式而死，否則嚥不下這口氣。

「妳明明只要繼續盲目信任我，就能得到幸福。」

「——滾開！」

傑拉爾德閃開向他飛馳而來的劍尖。真不愧是她那個號稱王都守護神的前未婚夫。

傑拉爾德的眼鏡下，黑曜石般的眼瞳微微閃著光芒，魔力正在他所持的黑色長槍上奔馳。與克雷托斯王家所傳承的女神聖槍正面對決，沒有武器能贏過它。

不過，吉兒的對戰經驗老道，她可是為了這個男人在戰場馳騁的軍神大小姐。

（少瞧不起我！）

她將魔力集中在一處，把王子殿下手上的長槍給彈飛，並趁著傑拉爾德咂嘴向後退一步的空檔，飛奔穿過迴廊，攀上城牆當中最高的牆上，往腳下看去。

她的正下方是一片漆黑、深不見底的懸崖，但那裡應該有一片廣大茂密生長的杉林，而且雪也下得正大，若是順利，跳下去有可能存活，儘管僥倖存活也還是可能凍死，即便如此……

「吉兒！妳要做什麼？」

「請你不要誤會了，殿下。並不是你捨棄了我……」

至少比起現狀，存活下來的機率高很多。

「是我捨棄了你。」

她身為傑拉爾德的未婚妻，為了不失去女人味而穿的高跟軍靴，此刻踢向城牆。

「放箭！別讓她逃了！槍呢？」

箭如暴雨般落下。

她知道擦過肩膀的箭塗有毒藥，指尖的麻痺感讓她皺起眉頭，不過仍露出笑容。從城牆上數個槍口射出的砲火，也全都被她以殘存的魔力給彈回去。

但是有個東西穿破吉兒魔力的防護牆，向她投射而來。

黑色長槍，是女神的聖槍——傑拉爾德丟的吧。吉兒沒有空悲傷，在長槍刺入自己胸口前抓住它，露出了無畏的笑容。

（我才不會輸！）

魔力灼燒的味道從她的手心傳出。暴風隨之狂亂捲起，無論是冰凍的風、魔力還是淚水，全都蒸發了。

我才不會輸，我才不會輸。我才不會以這種方式結束生命。

她緊咬著牙，希望能看清眼前的景象，但發現視野愈來愈模糊。魔力逐漸消失，她的生命要到盡頭了。

她的手慢慢地鬆開，黑色長槍的槍頭便刺向她的心臟。

（如果我沒成為那個男人的未婚妻……）

啊……這就是人生跑馬燈啊，這樣不行——雖那麼想著，卻無法停下。

若在十歲那年，沒有在派對上被求婚，就算留在自己的故鄉需要上戰場，也不需要在前線奔

走吧？那樣說不定可以找到一個性格純樸又溫柔強壯的男人談戀愛，體驗一般女孩會做的事情。

而且還能夠盡情吃自己喜歡的點心與食物——不，這個可能不太對。

要是在那一天、那個時間點沒有接受求婚，人生就會有所不同了。

（真不想讓人生結束在因為喜歡了某人而失敗的狀態……）

——下次，若有下次，我的人生就不會因為被利用而結束了。

「……吉兒，妳怎麼了，吉兒？」

「咦？」

她回神眨了眨眼，沒有漆黑的天空，也沒有覆蓋血跡的白雪。她身處一個與那幅景象完全相反的世界。

「怎麼了？妳很緊張嗎？」

「就算是吉兒也會怯場啊，畢竟人生第一次來到王都，就是出席這麼熱鬧的派對！就連我都眼花撩亂，好像作夢一樣。」

「這是為了慶祝傑拉爾德王子的十五歲生日啊。而且聽說他將在這場派對上挑選未婚妻，國王陛下想必花了不少心思吧。」

吉兒目瞪口呆地聽著在她頭頂上進行的對話。

（……是父親大人與母親大人。）

他們應該早就過世了，為什麼會在這裡？

母親用了比她認為在作夢時更大的力道拉起她的手。

「吉兒會不會被選上呢？」

「咦……選、選上什麼？」

「傑拉爾德王子的未婚妻啊！雖然妳的刺繡、歌藝以及料理全都不行，而且食慾大於女性魅力，但妳畢竟是個美人，既獨立又溫柔呢。」

雙親一定是抱著開玩笑的心情笑著。

對，他們笑著——她有印象。

她受到催促往前走，在前方有一道幾乎高達天花板、可由兩側打開的大門敞開了。隨著「薩威爾侯爵夫妻與其千金到場」的通報聲，他們被帶領進入某個世界。

（……不會吧！）

數座水晶吊燈從挑高的天花板上垂掛而下，鋪著大理石的舞池倒映著水晶燈閃爍的光芒。前往二樓的交叉階梯覆蓋著大紅色的天鵝絨（veludo）毯，交響樂團正在演奏華麗的音樂。純白色的桌巾上擺放著銀製餐具，桌面上的杯盞中盛裝著色澤新鮮的水果。金色燭台上點燃的燭火圍繞著點綴在四周，亮度卻比不上身穿色彩鮮明的洋裝跳著舞的千金小姐們。

——我之前看過這個彷彿夢境的世界。

（怎麼可能有這種事。）

身邊的窗戶突然映入眼簾，那塊擦得透亮、一點髒汙也沒有的玻璃，如同鏡子般映照出自己的模樣。

那是一名金色頭髮以大花飾綁起，身穿淺粉色洋裝的女孩，有一雙又圓又大的紫色眼瞳，年紀大約十歲左右。

不，應該就是十歲，這模樣的她還是個普通女孩。

「傑拉爾德．迪亞．克雷托斯王太子殿下入場！」

那個跟著儀隊一起以器宇軒昂的步伐從最後方走出來的身影，她記得非常清楚。

當時是她有生以來第一次見到王子殿下這樣的人物，於是目不轉睛地盯著看——當時那個十歲的自己一直盯著他，直到與他在眼鏡後的雙眸視線相交。

「唔！」

視線又對上了。

不久前才宣告午夜到來而響起的克雷托斯王城鐘塔，又再次響起。

第一章 下令，龍帝攻略作戰

在危機造訪之時，找到有效的取勝方法前，無論如何先逃再說——這是吉兒麾下軍隊的副官在戰場上所下達的方針。他是一名優秀的副官，不管是她被拉維帝國軍夾擊時，還是補給線遭到中斷而受到孤立時，都因他的策略得救。

現在這個瞬間，他的策略也救了吉兒。

總之——儘管還沒搞清楚發生了什麼事，但因為這個狀況絕對很危險，便判斷先逃再說。

「父親大人、母親大人，我在人群裡待久了有點頭暈，去外面一下！失陪了。」

「哎呀，妳不吃最喜歡的烤乳豬嗎？雖然現在不能大口直接咬。」

「我覺得有點胸悶！」

「我的天啊，妳胸悶？不會是染了什麼惡疾吧？」

吉兒將擔心女兒吃不下烤乳豬的雙親留在原處，便急匆匆地走向露台。她當然記得城裡的構造，但那件事讓她的腦袋感到相當混亂。

（冷靜，冷靜！這是夢境嗎？還是……另一邊才是夢？）

走出露台之前，她停下腳步一會兒，透過玻璃再次看了自己的模樣。她以指尖輕輕地觸碰玻璃，確認這個小孩的身影就是自己沒錯——只是這麼做仍然無法冷靜下來，於是直接踏出露台。

（我返老還童了嗎？不，不對，父親大人與母親大人都還活著，只有我的記憶有問題。這麼說的話，是時間倒流了？怎麼可能，時間倒流這種魔法，就算成為神明都無法使用才對！到底為什麼會發生這種事……）

看著距離自己近得彷彿要遮住嘴的手掌。她在這個年紀時，應該已經開始拿劍了，只是這時自己的手掌仍是既柔軟又小。

沒錯，這個時候父母都還健在，劍術或武術都只是她身為被稱為「戰鬥民族」的薩威爾家族之女的興趣而已，僅僅是個非常普通的千金大小姐。

先不討論身為普通的千金大小姐以武術作為興趣是如何——即便如此，那件事對吉兒而言似乎能為她帶來一線曙光。假若時光真的倒流，這時候的她還沒有成為所謂的軍神大小姐，也還沒有為傑拉爾德在戰場上奔波。

甚至尚未成為傑拉爾德的未婚妻。

「……我可以重新來過？」

雖然不曉得到底如何演變成現在的狀況，不過她輕聲地如此說道，接著緊緊握起小小的手。

在戰場上無法掌握現況的人會先陣亡。她深呼吸。

（總之先以自己是回到了過去為前提而行動吧。就算被傑拉爾德王子求婚，只要不接受……不，這不是辦法，不能拒絕王太子的求婚。）

畢竟她的家族是守護國境而倍受信任的邊境伯爵之家，屬於克雷托斯王國的一領。若她這樣一個小女孩不知天高地厚地拒絕第一王子的求婚，可能會因此視為有謀反之意。

這麼看來現階段最好的方法，就是想辦法在不被他求婚的狀況下渡過這場派對。

（那麼，我現在已經渡過這關了吧……？）

過去的事件若按照原本的發展進行，稍早他們兩人對上眼時，傑拉爾德就應該直接走到吉兒面前並且完成求婚了。

若是如此，當她走出露台的同時，事情早就與過去記憶中的發展不同。

「我從那個現場逃開，所以已經解決了？」

「吉兒公主。」

「出現了————————！」

吉兒不假思索地尖叫起來，傑拉爾德——那位對吉兒來說在十幾分鐘前還是個青年的人物，現在以少年之姿出現的王子殿下——對她歪著頭。

「出現了？」

「沒、沒、沒有……並沒有什麼特別的意思喔。」

驚慌失措使她硬是強裝的千金小姐口氣顯得更奇怪了。

但是，派對明明才剛開始，身為重要貴賓的傑拉爾德卻來到露台，這件事無論怎麼想都很奇怪。而且他的手上不知為何拿著一朵玫瑰，而那朵玫瑰吉兒還有印象。

那是她被求婚時收到的玫瑰。另外也想起，有一次當她詢問求婚的理由時，傑拉爾德帶著笑容這麼回答——「當我一眼看見妳時，就認定是妳了。」她當時認為這是命中注定而暗自感到欣喜不已。

（所以當我們對到眼時就已經太晚了嗎？）

傑拉德爾露出微笑，他對背上冷汗直流的吉兒是怎麼想的呢？

大概就如同檢視商品一般吧，她忍不住這麼想。會如此心想，是因為她知道在這個時間點，他便已深愛著自己的親妹妹了。

「失禮了，我叫做傑拉爾德。傑拉爾德・迪亞・克雷托斯……這個國家的王太子。」

「原、原來是您啊。」

「妳就是薩威爾家的吉兒公主吧？」

傑拉爾德看起來有點緊張地將眼鏡拿下來擦拭過後，再重新戴上。沒錯，聽到王子殿下稱呼不是王族女兒的自己為公主，當初那個自己興奮不已——

「……我有重要的話對妳說。」

在星光閃耀的夜空下，王子殿下往前靠近一步。能夠在垂掛著水晶吊燈的舞池正中央被求婚非常地夢幻，不過現在這樣的場景也非常迷人。

對，前提是對方不是個王八妹控混蛋。

（在這裡大喊出來揭穿他吧？啊，不行，剛剛我光是因為發現這件事就被殺了。）

若把這件事大聲說出來，各方面而言都會完蛋吧。畢竟這時的他已經以神童之名聞名天下。

「希望妳能保持冷靜聽我說，其實我在看到妳的第一眼——」

「哎呀，我的天啊，父親大人與母親大人現在一定非常擔心我！」

吉兒大聲地打斷他，快步從原地離開。雖然很想看看傑拉爾德目瞪口呆的表情，但是她沒這個心情。

（要趕快逃離這裡才行！儘管這裡很可能只是夢境，即便如此，讓事情發展下去實在……正因為知道上次的狀況，才更覺得糟透了！何況人生還可能提前結束！）

話雖如此，現在已經被盯上，到底該怎麼做才好。吉兒一邊鑽過人群向前進，一邊思考著。

她瞥見傑拉爾德從露台走出來，即使希望他可以就此放棄，不過該說早知道事情會如此發展嗎？他看見吉兒的身影後開口叫住她：

「吉兒公主！妳為什麼跑走？」

因為你是已經被我捨棄的男人啊——若是能這樣回答他該有多好。然而提高音量的第一王子的身上逐漸聚集大家的目光，用假裝沒聽到來爭取時間這招也撐不久了。

（能相安無事地迴避第一王子求婚的作戰……假裝我有戀人了如何？不可能，現在的我只是個孩子，太不合理了！而且對象得是個會讓王太子卻步的人……這種男人不可能隨處可見啊！至少我的魔力非比尋常地高，實際戰鬥也很強，那是我家族的特質，而傑拉爾德王子也很強！）

她帶著有點逃避現實的心態拚命地逃著，然而畢竟是十歲小孩的身體，再怎麼努力還是會遭人潮擠開。於是往人少的地方前進，但那裡也是容易被傑拉爾德追上的地方。

「吉兒公主！」

正準備從人群中脫身時，傑拉爾德也終於要追上來。

（對了，若是由我求婚……我會為牽連對方負責！讓他過得幸福！）

就在吉兒的手臂即將被抓住時，她的手往身後抓到某個東西。那是觸感非常高級的披風。而往後退的吉兒背上撞到的應該是膝蓋，對方被撞到卻紋風不動，可知那是一位成年男性。

既然如此，她說的話可能只會被當作是孩子的戲言。

傑拉爾德有點驚訝的反應給了吉兒勇氣。

總之得先擺脫目前的狀況才行——她一心只想著這個喊道：

「我對這位先生一見鍾情了！我要和他結婚——用一生的時間，讓他過得幸福！」

「吉兒？」

不確定是否聽到騷動的聲音，但確實聽見了父母親驚訝的呼聲，接著才從周圍傳來議論紛紛的聲音，而傑拉爾德一臉嚴肅並緊緊抿著嘴唇。

吉兒發現對於這個應該當作童言無忌的戲言，周圍的人們有點反應過度，正當她眨著眼的時候——從頭上傳來一個聲音。

「明白了，那麼我便娶妳為妻。」

這並不是吉兒期望中，大人應付童言童語的回答。

那是個低沉，聽起來令人舒服的男性聲音，音質相當性感，聽了讓人背後發癢，這聲音若是在耳邊低語，應該會整個人腿軟融化。

是個只要聽過一次就永遠不會忘記的聲音。

（這、這聲音……我聽過。）

在戰場上，就在最近——不，是六年後，時間線真混亂。總之是這時間點之後的未來，她在與拉維帝國軍交戰時，見過那個人的模樣，他就是這聲音的主人。

「大小姐，請問妳的芳名？」

「吉……吉兒．薩威爾……」

面對頭也不回地回話的吉兒，他發出彷彿了然於心的聲音接著說道：

「原來是薩威爾邊境伯爵的公主啊，難怪魔力這麼高。更沒想到小小年紀便如此有眼光，竟然主動向我求婚。」

「咚」的一聲將酒杯放在桌上的聲音傳來後，她感覺到身後的男性站起身來，同時毫不費力地以單手將她抱起，披風便從吉兒鬆開的手中落下。

他的滑順髮絲反射著水晶吊燈的光線，從眉毛形狀、鼻梁、薄薄的嘴唇，直到臉頰的輪廓連結到下巴的形狀，全都反映出無與倫比天生麗質的模樣。而比這些更引人注目的，是他金色的雙瞳。那雙瞳孔靜謐地有如一輪明月，同時又閃爍著如野獸般殘忍的光輝。

他仔細看著懷裡的吉兒時，神情溫柔，又同時有利刃可能會刺入喉嚨的緊張感圍繞著。然而這雙眼睛卻又美得讓人無法將目光移開。

「在某個島國裡有『飛蛾撲火』這句話，妳聽過嗎？」

她搖搖頭。所以，拜託快放我下來。但他始終維持著笑容。

「這樣啊，不過請放心，妳不必有所擔心。我早已決定會順從我的妻子。」

傑拉爾德什麼話也沒說，只是表情極度凶狠，緊握的拳頭不斷地顫抖。

就這點而言，吉兒直覺所選的求婚對象非常正確。

雖然這點正確，但以人生的選擇而言，也有無可救藥大錯特錯的部分。

「我——哈迪斯．提歐斯．拉維，接受妳的求婚——擁有美麗紫水晶般眼眸的公主，請妳帶給我幸福吧！」

如此說道的這位鄰國年輕皇帝優雅地在吉兒的面前單膝下跪，他的臉上浮現彷彿帶著毒的甜美笑容，恭敬地低下頭。

僅只有快速地閃過。

白銀色的劍如同蟒蛇般蜿蜒竄出，橫掃過周遭一帶，天空與大地有如遭野獸啃咬般，山巒碎裂、地面產生裂縫，補給線被切斷。最前線的陣形崩壞，幾乎無法再重新整頓恢復。照亮暗黑夜空的戰火，在轉眼間延燒開來。

毫不留情的攻勢從空中襲來，幾乎確定了我方戰敗的事實。

「一個活口都不准留，統統殺掉。」

從燃燒成一片火紅的夜空中俯視而下的敵國皇帝，帶著毫無情感的聲音命令道：

「就算是小孩、女人或是嬰兒都不能放過，那個女人的親屬沒有活著的價值，不過是垃圾和螻蟻而已，活著本身就是一種罪惡。」

那個聲音比嚴冬中的暴風雪更加冰冷無情，彷彿能凍結周圍一切事物。

「不過不要輕易地殺掉他們，要在母親的面前挖出嬰兒的眼睛，在丈夫的面前玩弄他們的妻子，讓兄弟之間彼此殘殺。我要讓人們求生而不得，求死而不能。無論是希望、愛、夢想還是羈

絆，全都蹂躪殆盡，一個都不准留下──就如同我受到如此對待一樣！」

那是虐殺。聽到那令人無法置信的命令，吉兒瞪大雙眼抬起頭往上看。

面對如同潰堤而來般的怒吼與慘叫聲，敵國皇帝睜大金色的眼瞳嘲諷地大笑著。

他是萬惡不赦、被詛咒的皇帝，不把人視為人，任意地踐踏、操弄人們，並以此為樂的瘋狂統治者。這個若非親眼所見便難以置信的現實，正在眼前發生。

（──得阻止他！）

她握緊了劍，凝聚所有魔力後用力向地面一踢，讓自己朝著那個站在極高處的皇帝而去。

即使是戰爭，也絕對無法原諒將一般老百姓牽扯進來的虐殺，更何況還有其他更無法原諒的事情。

他原本不是這樣的敵人。

為了守護人民在夜空中翱翔的銀色魔力，真的非常美。連敵人看了都會著迷，漂亮地分出勝負，將犧牲降到最低，帶著從容微笑催促大家撤退的姿態堪稱高貴。

然而，這皇帝是從何時起變成那樣的？

皇帝突然抬起頭，用趕蟲子般的手勢，將凝聚的魔力朝衝過來的吉兒打過去。吉兒張開雙手正面接住，咬牙撐住。接著雙手施力，憑著一股氣勢，像壓破氣球般消滅雙臂間的魔力。

驚天動地的爆破聲讓地面與空中所有人都像回過神般安靜下來。下令製造慘劇的皇帝本人也露出驚訝的表情回過頭。

終於讓他回頭了。吉兒因此有了氣勢，忘記自己剛才差點死掉，對他喊道：

「是我們輸了，我認輸！所以你們趕快撤兵吧！」

皇帝微微皺起秀麗的眉毛。

「妳明明認輸，憑什麼命令我？」

吉兒認為可以試著和他談條件，便鼓起勇氣對著他美麗過人的臉孔說道：

「若你無論如何都想凌虐人，就針對我吧，我來當俘虜——所以別對其他人出手！」

皇帝彷彿看著奇珍異獸，將吉兒從頭到腳看了一遍，喃喃說道：「軍神大小姐。」他的唇間浮現嘲弄的笑容：

「真是了不起，但最後妳一定會難堪地哭喊為什麼俘虜是自己。」

「誰會被你這種弱小的男人給弄哭啊！」

「弱小？妳說我？在龍帝面前妳可真敢說。夠了，我就殺了妳吧。」

「難道你是比我強大的男人嗎？」

皇帝揚起的嘴角僵住，第一次認真地朝她看去。吉兒的劍尖朝著殘暴的金色眼瞳直直刺去。

「你這種只是想宣洩自己情緒的人，真的比我還要強嗎？」

那雙金色的眼瞳似乎想說什麼，在一瞬間閃爍了光芒——隨即消逝。

「興致都沒了。全軍撤退！」

他突然用沒有抑揚頓挫的聲音下達命令。沒想到他真的會撤兵的吉兒不禁向他搭話。

「這樣好嗎？——喂，回答我，你真的不把我抓走嗎？」

「抓了像妳這種不性感的女人有什麼樂趣。」

皇帝留下錯愕的吉兒，如海市蜃樓般消失了身影。

現場只剩下殘餘的魔力宛如蝴蝶翅膀飛舞。人數眾多的拉維帝國軍也消失了身影，這場戰爭草草地結束了。

但吉兒內心無法接受。

「居、居然……居然說我不性感？」

吉兒慢了一拍才開始生氣，部下們全都來安慰她——這是傑拉爾德栽贓罪責給她不久前，不過就幾天前的事。

而且是現在算起大約六年後的事。

（啊啊，昨天也好，六年後也好，這些全都是夢，絕對是作夢……）

若醒來發現自己還活著就好了，她如此想著。

如果可以，希望自己能在落下時奇蹟似的卡在樹上，最後只是暈過去。假如能被優秀的副官救下並安排將自己帶回去，那就更好了。

因為現在躺著的地方既溫暖又柔軟——她忽然睜開眼睛，以軍隊起床的方式彈坐起身。

裝飾在頭髮上的大朵鮮花掉了下來，原本綁好的頭髮鬆開披散在肩上。將緊握的手掌攤開，果然比記憶中的還要小。身上蓋的深紅色羽絨被，以金線繡有用心設計過的圖案，蓋在被子下的雙腿也比記憶中短。

感覺有風吹過來，她便赤著腳下了床。陽光從厚重的窗簾縫隙中穿透進室內，她伸長脖子看向窗外，外面是曾經看過的中庭。

「……這裡是王城……的客房嗎？」

「啊，太好了！妳醒來了。」

從更裡面的房間走來的，是剛才在夢中出現的那個人。

哈迪斯·提歐斯·拉維——看起來比夢中年輕，但是她不可能認錯這位鄰國拉維帝國的美麗皇帝。

吉兒不自覺地雙手握拳。倘若現在是六年前，尚未與拉維帝國開戰，所以他現在不是敵人。然而就算心裡知道，在戰場親眼目睹這位皇帝壓倒性的力量仍記憶猶新，使她無法放下警戒。

不知是否察覺吉兒對他的警戒，只見哈迪斯快步踏著步伐走來，在她面前蹲下。

房間裡充斥沉默，只聽得見時鐘的秒針走動的聲響。吉兒被美得過分的臉孔凝視著，努力控制臉上的表情，過了一會兒哈迪斯開口：

「再向我求一次婚。」

「……什麼？」

「我想確認這不是作夢。」

吉兒因此驚訝到忘了要警戒。然而哈迪斯的視線仍直直盯著她，等待著回應。那雙專注的眼神，不知為何讓她想起老家飼養的軍用犬。

（跟、跟六年後給人的印象似乎不同……）

她正猶豫著該怎麼做時，哈迪斯疑惑地皺起眉頭。

「為什麼不回話？……難道妳還是不舒服嗎？」

「咦……啊……我、我為什麼會在這裡……好、好像沒什麼印象。」

「妳昏倒了……還是先不要勉強妳比較好，抱歉。」

「咦？」

她突然被抱起來，沒有任何抗議的餘地便回到剛剛的床邊。

「妳可能睡不著，但躺著休息比較好。」

他小心翼翼地將吉兒放到床上，動作非常地輕柔。

「或者我去準備妳吃得下的東西比較好？啊，要下床就穿這個，不然腳底會冷。」

哈迪斯拿起放在床邊的室內鞋，跪了下來，捧起驚嚇的吉兒的腳打算幫她穿上，她不禁差點驚呼出聲。

這男人是皇帝，即使對象是孩子，也未免捉弄過頭了。

「皇、皇帝陛下不需要這麼做，我自己可以穿！」

「別對我客氣，我對妻子是絕對服從的。別亂動——看，穿好了。」

看到他滿意地抬起頭微笑，讓她全身感到如雷襲擊般的衝擊。

這無人能出其右的美男子對自己微笑，簡直可以稱為攻擊。吉兒內心咬牙，強壓著彷彿萬箭穿心的胸口。

（即、即使男人不能只看臉蛋，但他的長相是我喜歡的類型……一點破綻都沒有！而且他不只長得好看，乍看體型纖細，不過肌肉的所在位置和姿勢也都很完美，全身上下都很強大……！為什麼這樣的男人會跪在我的面前？）

她突然回神。自己向這個男人求了婚，那之後——怎麼樣了？

「請問……」

然而粗暴的開門聲打斷了吉兒正要問的問題。鎧甲的聲響傳來，身穿鎧甲的士兵們在敞開的兩扇門之間列隊站好。森嚴的氣氛下，哈迪斯從跪姿中起身。

「看來他也在等妳醒來呢。」

「咦……」

「吉兒．薩威爾！能告訴我這是怎麼回事嗎？」

傑拉爾德連聲招呼都沒打就踏進房間。像沒看見哈迪斯似的，以急促的步伐直朝吉兒走去。

「妳在想什麼？為什麼連我要說的話都不聽就逃開——」

「傑拉爾德王子，對年紀這麼小的孩子開口就責備，太不厚道了。」

哈迪斯從旁插話，傑拉爾德冷冷地回應：

「失禮了。不過這件事與拉維帝國無關。再說您的客房應該在其他地方，為何會在這裡？」

「未婚妻昏倒了，理所當然因為擔心來探望她。」

「您沒有與她訂婚，國王與她的雙親也沒有認可吧！再說，與她有婚約的人是我，這是之前私底下就決定好的。」

吉兒驚訝地抬起頭，這件事她並不知情——啊，不過腦海中浮現雙親的臉孔。

（母親大人與父親大人絕對忘記這件事了……）

她的雙親性格沉穩，但缺乏政治手腕，因此薩威爾侯爵家雖有功績，卻並未享有相符的寬裕生活。

然而若婚約是私下決定好的，吉兒要拒絕傑拉爾德就變得相當困難了，因為那麼做會讓身為王太子的傑拉爾德顏面盡失。

「別因為自己是皇帝就一副無所不知的樣子插手我國的事，這可是干涉內政。」

「干涉內政？只是你被甩了不甘心吧？」

哈迪斯有點輕蔑的笑容，讓傑拉爾德抬起眉毛。氣氛極度緊繃，使吉兒心驚膽顫。現在這個時間點，傑拉爾德已是有名望的軍人，並且有自己的軍隊，只要不小心就會形成一對多的局面，不過明顯處於下風情勢的哈迪斯卻很鎮定。

「比起在意這種事，你該放眼其他更重要的事吧？畢竟你以後會成為這個國家的國王。」

「您的忠告我就心懷感激地收下。畢竟被詛咒的皇帝陛下，治理手腕無法作為參考。」

傑拉爾德以充滿苛刻與輕蔑的語調回答。

然而哈迪斯仍維持著意味深長的笑容。

「你能理解就好。對無法獲勝的對手刀刃相向很愚蠢，你和我的格局不同。」

「真敢說，如果您想侮辱我——」

哈迪斯像忽然醒來般張大金色的眼瞳，氣氛頓時一變。

「退下！」

瞬間，房間整體的重力增加了。

房間喀啦喀啦地響著，彷彿就要垮掉，士兵們的武器從手中掉落，一個個無法保持站立跪了下來，甚至有人暈倒或失去意識。

（這、這不是魔力，只是威壓就已經……）

這是壓倒性地霸氣，連沒有正面受到威嚇壓力的吉兒，全身都豎起寒毛。

她忍住想從現場飛奔逃走的念頭，看向哈迪斯的側臉。傑拉爾德痛苦地冒汗，仍站在原地並斜眼盯著哈迪斯，哈迪斯向他伸出手說道：

「後續就交給你收拾了。」

傑拉爾德被哈迪斯拍了肩膀後，頓時跌坐在地。

「真如傳聞所說，是個怪物啊……」

哈迪斯平靜地對咬著牙的傑拉爾德露出微笑，原本幾乎無法呼吸空氣的沉重壓力頓時消失。哈迪斯抱起鬆了口氣的吉兒。

「抱歉，嚇到妳了。我們換地方吧。」

吉兒壓抑著心中高昂的情緒點了點頭。

（這個男人果然很強……！）

感受到吉兒好奇的視線，哈迪斯笑了出來。

「看來妳沒受影響，我的眼光果然不會錯。」

「如果連那種狀況都無法撐過，無法在戰場上存活——」

她忽然想起自己現在不是軍神大小姐，趕緊將嘴摀住。不過哈迪斯似乎並不在意，悠悠地穿過倒了滿地的士兵之間，來到走廊。

「可是我們似乎無法在這裡慢慢聊呢，傑拉爾德王子應該不會就此放棄……這也沒辦法，因為我曾在書上讀過『愛都會伴隨著困難』。」

「呃，愛……不對，書？」

「放心吧，我不會對妳出手的。」

聽到長相帥氣的男人那麼說，吉兒不假思索點了頭，但隨即察覺到一件事。

（……現在的我是十歲吧？）

而這個男人，現在應該是二十歲左右。

（若非因為政治性理由，成人男性會與十歲小孩締結婚約，除了對小女孩有興趣以外沒別的可能……？）

正感到戰慄不已時，眼前景色忽然一變。

「妳的魔力還不穩定，我們搭船移動吧！幸好我為了以防萬一準備了船。」

「啊？咦？」

趕緊環視四周。剛才頭上還是挑高的天花板突然變得低矮，有一張床，還有小桌子和椅子。房間雖然不算小，但也不是很大。圓圓的小窗戶是個特徵，鋪著木板的地板嘎嘎作響——不，是在搖晃。

自己轉移到某處了。哈迪斯放下呆住的吉兒後微笑說道：

「放心吧，只要使用魔力飛行，數小時就會進入拉維帝國領土了。」

隨著吉兒「咦咦咦咦咦」大叫的同時，船如同在海面上滑行般開始航行，她從圓窗看出去，故國海港轉眼間愈來愈小。

吉兒雖不是依照大家閨秀的方式被養育長大，仍然是貴族的千金小姐，就算狀況緊急，也無法一直以睡衣的姿態待在男性面前。

見到她侷促不安的模樣，哈迪斯立刻察覺她的想法，將船艙中的衣櫃打開給她看。一邊說明「我預想可能也有這種需要」一邊準備吉兒體型能穿的女孩子的衣物——從晚禮服到洋裝，甚至連騎馬裝都準備了。

哈迪斯對一句話都說不出來的吉兒留下「挑喜歡的穿吧」這句話，就轉身出去了，但問題不在這裡。

（為什麼會準備這些？難道他一開始就打算綁架小女孩才會造訪克雷托斯……別想了，好可怕。）

她想逃避自己可能就是那個被綁架的小女孩的事實。

吉兒選了一套類似騎馬裝的制服，應該是軍事學校或騎士學校的服裝。這樣不管接下來發生什麼事，方便活動都是最優先的。因為連皮鞋都準備好了，便借來穿，幸運地連尺寸都剛剛好。

總之成功從傑拉爾德手中逃出來。狀況正在好轉，大概是。

不過，事情是否就此告個段落又是另一回事了。

傑拉爾德是克雷托斯王國的王太子，文武雙全、個性認真又有很強的責任感，因為他的優秀表現而參與國政，單就評價而言比現任國王還高。要讓這樣的男人放棄求婚最快的方式，就是找到一個能與他匹敵，或贏過他的男人作為擋箭牌。

因此，與哈迪斯訂婚便是最好的擋箭牌。這很清楚──想到這裡，還是回到同一個問題。

（到底如何呢？他對小女孩有興趣嗎？難道一個變態之後又來一個變態？我的男人運到底多差？話說回來，能站上這片土地最高地位的男人，難道都只有變態嗎！）

而且最重要的問題，她能愛上這樣的男人嗎？

她並不想挑三揀四地期待「下一個」。最終，一個人的為人，沒有相處是不會了解的。雖然也有相處過才被騙的狀況。

「話雖如此，這次的難度太高了……！難道沒有其他辦法了嗎？」

「可以進去了嗎？」

船艙的門響起敲門聲，吉兒慌張回應。接著，親自端著整組茶壺與茶杯的哈迪斯隨即進門。

「這是防止暈船的湯藥，事先喝比較好。」

居然由皇帝為她準備茶水，她像是被這件事敲醒般清醒了過來。

「那個……泡茶可以讓我來！」

「很危險吧。」

聽到他簡短回答後，吉兒注意到泡茶的桌子高度差不多在她的脖子，得稍微踮起腳尖才有辦法泡茶。

「不必因為我是皇帝就在意這種事，放輕鬆點，我們是要成為夫妻的人。」

「太、太心急……了吧……我、我們還沒有正式訂婚呢！」

「凡事提早做好心理準備不會有錯。還有這是湯藥喔，並不是什麼高級茶水。味道有點苦，想去除苦味就吃這個。」

原以為東西會出現在哈迪斯的手掌上，但並沒有。空無一物的空間裡出現「砰」一聲，有個小蛋糕出現了。如雪般純白的奶油上擺滿數量超乎想像的草莓，像寶石一樣閃閃發光。

（蛋糕在發光……！從沒見過這樣的蛋糕！）

這麼說來，昨晚從參加派對開始——體感時間有點複雜，自從在六年後的牢裡開始就什麼都沒吃。她按住彷彿因為想起這件事正準備開始叫的肚子。

「應該準備更容易消化的食物才對，不巧只有這個呢。」

「這、這非常足夠，不如說這個蛋糕正好！我、我可以、可以吃嗎？」

「就是為了妳而準備的，請享用吧！」

被食慾吞噬的吉兒，眼睛閃閃發亮地將切好的蛋糕塞進口中。充滿高級甜味的奶油中和了草莓的酸味，海綿蛋糕軟綿又有彈性，光是含在口中，就會留下些微香氣。

直截了當地說，非常美味。

「有合妳的胃口？——真是太好了。」

哈迪斯在幸福到失去言語能力，只能點頭回應的吉兒斜前方坐下。

（活著真是太好了……！這麼說來，我沒吃過拉維帝國的料理呢！）

如果成為皇帝的妻子，就能盡情享用拉維帝國的料理了吧？就算對他沒有愛，只要有美味的食物，說不定就能度過此生。

正當她心裡盤算著結婚也不錯時，突然有個影子從旁邊映入眼簾。

「妳沾到奶油了。」

哈迪斯以拇指擦拭吉兒的嘴角，讓吉兒吃驚的是，他直接將沾在拇指上的奶油舔掉。

吉兒的頭上差點直接冒出熱氣，但她立刻恢復冷靜。

（對、對小孩子也這麼若無其事地出手……手腳太快了吧？）

現在不是心動的時候了。在大量攝取糖分後，她充滿氣勢地抬起頭。

「請恕我直問，皇帝陛下對於跟我訂婚，有多少程度是真心的呢？」

哈迪斯將杯子放回碟子上，眨了好幾次眼，歪著頭回答：

「我不明白妳問題的涵義，能說得更明白點嗎？」

「……我現在才十歲而已。」

「是很理想的年紀啊。」

她忍不住寒毛直豎，然而哈迪斯開心地繼續說道：

「妳未滿十四歲卻擁有這麼強大的魔力，正是我所追尋的理想女性喔！」

「……」

「而且是由妳向我求婚。那、那表示妳喜歡我，對吧……？」

「…………」

「若能再小兩、三歲會更有餘裕……但我不會奢求，我的完美幸福家庭計畫不會因此而有所動搖。」

「……原、原來皇帝是有戀童癖的變態……？而且是個無法分辨小孩的玩笑話，還會進行綁架的笨蛋……」

吉兒驚覺自己不經意將心中的想法說出口，趕緊摀住嘴。

對方是皇帝，就算是小孩也不會允許失禮的行為。哈迪斯也確實由原本溫柔的表情，轉變為有點冰冷的模樣。

「……玩笑話……？」

「不、不是，那個……真、真是高貴人士才有的興趣呢！」

「妳的意思是求婚是假的嗎？」

原來是在意那個嗎？

然而，沒想到哈迪斯卻帶著自嘲的語氣自言自語。

「真難以置信，我被小孩子騙了，居然有這麼蠢的事……」

哈迪斯把手放在額頭上認真思考後，眼光轉向吉兒說道：

「我還是確認一下……婚約有可能嗎？」

「……這、這個……」

「到底有沒有可能？是哪個？明白地告訴我。」

「——其實我是有苦衷的！非常抱歉，我對陛下一點感覺都沒有！求婚是假的！」

一陣沉默後，哈迪斯搖晃得幾乎站不住腳。

才這麼想而已，他忽然睜開金色雙眼低喃：

「……拉維，別笑了，快出來……！」

一股薄霧般的魔力倏地爬上哈迪斯的肩膀旁。

吉兒下意識戒備，而她面前銀白色魔力逐漸形成一個白色閃耀的生物。

（……龍……不，是蛇？）

正確地說是長了翅膀的蛇，應該吧。總之是個不可思議的生物。

牠靜靜張開的金色眼瞳、閃爍著銀白光澤的鱗片、柔美的肢體、滿溢的魔力，那神聖之姿讓所有人幾乎都會拜倒在牠面前——牠卻咯咯大笑了出來。

「呀哈哈哈哈哈！所以我就說嘛，不可能有這麼好的事。你居然沾沾自喜地全盤相信，這個戀愛知識零分的皇帝——哎呀！」

哈迪斯把那個看起來很神聖的生物啪地一聲丟到地上，從椅子上起身，拔出腰間的劍揮舞。

「今天的晚餐就是龍神串燒了。」

「你也稍微誇獎我一下吧！我們好不容易離開國境到這裡了呢！」

「這就是祢的遺言嗎？」

「啊～嗯，你表現得很好了，還叫她紫水晶什麼的，是很努力想出來的吧！」

哈迪斯滿臉通紅，拿著劍追趕那個像蛇一樣逃竄的生物拚命朝牠刺去。

「還不是因為祢叫我說甜言蜜語……！祢說為了不讓她逃走必須那麼做的！」

「哎呀～小姑娘，但他還表現不差吧？這傢伙唯獨長相是頂級的。」

在吉兒呆呆地看著這幅一點也不神聖的景象時，從變成串燒的命運中順利逃生的生物由她腳下爬上來，俐落地爬到肩膀上盯著她看。

「妳聽得見我的聲音，也看得見我吧？居然一點都不驚慌，膽子真大呢！」

「我、我非常驚訝……」

「別謙虛了，一般人應該會尖叫，不然就是感到害怕或暈過去。」

「……她能承受住我那股重壓，這點事也沒什麼吧。再說她擁有這麼強大的魔力，這點奇異現象應該是家常便飯了。」

可能是吉兒加入對話讓他冷靜下來，哈迪斯將劍收進劍鞘。

「奇異現象？居然把龍神當作奇異現象看待？現在的人類真是的。」

「請問，祢是龍神嗎？……龍神拉維？」

趁著話題還沒斷，吉兒鼓起勇氣詢問。哈迪斯忍不住嘲笑道：

「看來她覺得祢怎麼看都像蛇喔。」

「誰是蛇，我可是龍！我是龍神拉維大人！」

即便祂如此說道，看起來仍是長了翅膀的蛇。

（原、原來那不是童話故事啊……那個傳說……）

普拉提大陸的形成，據說是愛與大地的女神克雷托斯，以及真理與天空的龍神拉維兩者的戰爭為開端。傳說神賜予力量的眷屬，便是克雷托斯王族與拉維皇族。兩國的孩子們成長時所聽的不是搖籃曲，而是這個從神話開始到建國為止，人類被波及長達千年之久的戰爭故事。

克雷托斯王國受到女神加持而擁有魔法大國的別稱，大多數人民或多或少都理所當然具有魔力，而且有強大魔力的人很多。另一方面，拉維帝國並沒有誕生多少擁有魔力的人，相對地卻誕生出克雷托斯所沒有的龍。

因為其中還有大地作物的收成等等細微的差異，所以吉兒並不認為神話或是神的存在全是捏造的。

不過距離建國至今已過千年，沒想到神居然還存在。

拉維沿著吉兒的鎖骨繞了一圈後，爬到她的頭上。

「能看得見我又能跟我說話，嗯～完全符合條件呢～年齡呢……哈迪斯，你是十九歲吧，這個小姑娘呢？」

「她說她十歲。我們差九歲並不奇怪，還在正常範圍內。」

「啊？」

吉兒忍不住驚呼，讓雙手抱胸的哈迪斯回過頭並皺起眉頭。

「這很正常吧！我的母親可是在十六歲時，嫁給我四十歲的父親。」

「可、可是我才十歲而已……還、還有繼承人的問題！」

「……繼承人。」

哈迪斯一邊跟著複誦一邊思考，接著忽然臉紅了起來。

「我、我們才剛認識，妳就提生孩子的事，似乎不太好……？」

他看起來像在生氣，但視線飄移不定的模樣顯得羞澀，那反應宛如第一次被強拉入寢室的少女，反倒是吉兒看了很想死。然而哈迪斯卻手舞足蹈地開始拚命解釋：

「這、這種事順序很重要，我們應該要再多聊聊、一起喝茶，或是互相寫信，讓彼此有時間更加了解對方，書上是這樣寫的！」

「不好意思，他的外表和內在差異太大了……」

「嗯～果然只讓他看書會太偏頗呢～」

吉兒看向拉維，祂不好意思地吐了舌頭。教育的負責人是龍神。

正當她開始煩惱時，哈迪斯的視線忽然落到她身上。

「外表和內在差異太大嗎……也就是說，我不符合妳的期待，是這樣嗎？」

「咦？」

「……求婚真的是騙人的啊。」

那充滿哀傷的聲調，刺進她的良心。

但不能因此有所顧忌，吉兒小心翼翼地回答：

「應該說，不能把我的話當真才對……畢、畢竟，我還是個孩子喔？」

「說得也是……不，我原本就知道。未滿十四歲、擁有非比尋常的魔力，又喜歡我這種被詛咒的皇帝的女孩，不可能那麼剛好出現在面前……我果然被騙了啊……總是遇到這種事……」

他的睫毛顫抖著，充滿哀愁與陰影，金色眼瞳似乎要被淚水淹沒。

她心中頓時湧起強大的罪惡感。拉維則在她頭上喃喃說道：

「啊～妳害他心情低落了，是妳草率向他求婚才變成這樣。小姑娘，妳要負責～」

「是、是我害的嗎？」

「當然是妳啊！這傢伙身心都很脆弱呢。」

「拉維，別責怪她，都是我不好。確實，面對十歲孩子的求婚，居然毫不懷疑的相信，是我太傻了。明明知道就算再怎麼努力嘗試，幸福也不可能來到我身邊……」

哈迪斯將手扶在桌上，用帶著憂鬱的金色眼瞳自嘲：

「我太陶醉其中了，因為第一次有人對我說，要用一生的時間讓我幸福。」

她說了，她確實說了。

「不……沒關係，就當作妳讓我作了一場短暫的美夢，這樣想就好。」

「……那個……是我不好，仗著自己是小孩子而做出草率的行為……」

「這個人情將來以其他方式還吧，我不會忘記妳的名字。」

眼神有些失焦的哈迪斯微笑說道：

「是薩威爾邊境領地吧……我絕對不會忘記，絕對不會。」

「您的話是什麼意思呢？」

「現在這些事對妳來說還不重要，我會把妳平安送回克雷托斯。」

吉兒在他金色瞳孔中看見的危險光芒，絕對不是錯覺。這樣下去拉維皇帝會盯上她的故鄉。

而且還想起了最重要的事。

若這麼順勢回去，還有傑拉爾德等著她。

「不過我真的很開心。」

她猛然抬起頭，看見哈迪斯帶著澄淨到不可思議的眼神微笑著。

「謝謝妳。」

——吉兒點頭答應求婚時，傑拉爾德有如此高興嗎？

而且從今以後，還會出現為了她而如此高興的人嗎？

（妳、妳是下定決心要負起責任才求婚的吧，吉兒・薩威爾……！）

找再多藉口都無法背叛自己。何況在需要利用對方時求婚，卻在不需要時拋下對方——這樣與傑拉爾德對自己做的事有何不同呢？

這位皇帝不是壞人。或許不是壞人。一定不是懷人。應該不是壞人。

——全都給我殺光。

（那、那是六年後的事……！他現在看起來很正常，還有時間挽救。他可能對小女孩有興趣或可能墮落，那又如何！和某個妹控不同，目前只是有嫌疑而已。而且愛就是戰爭，現在起擬定讓他重新做人的作戰計畫，像這個辦法……似乎也……不是不可行……？）

「剩下的蛋糕可以當伴手禮帶回去。」

很好，是好男人。

「我收回剛剛的話！皇帝陛下，若您願意，請和我結婚。」

哈迪斯手上的杯子「噹啷」一聲掉在地上。

「咦……怎、怎麼突然改口了？」

「讓您感到不安，實在非常抱歉。難道已經無法收回前言了嗎？」

「但是妳原本就不是認真的吧？」

吉兒抬頭看著困惑的哈迪斯。

「從現在起認真就可以了。這跟蛋糕相比只是小事。」

「別……別這樣，妳別又像這樣迷惑我。」

「我說話算話！」

哈迪斯睜大雙眼看著挺起胸膛向他保證的吉兒。

「請相信我，我一定會讓您重新做人——不，會賭上一輩子讓您幸福。」

「那、那麼，我終於成功找到新娘了……？拉維，聽到了嗎？」

「啊～聽到了，聽到了。你跟小姑娘都是怪人吧？很好啊～這狀況應該怎麼形容？破鍋配爛蓋？」

「但是，因為我的年紀還小，暫時不想有戀愛或愛情這種肉麻的關係，我們是否能夠形式上成為夫妻關係就好……咦？」

吉兒突然被抱起來，轉了數圈後擁入懷裡。

「只是形式上就好，謝謝妳。我會好好珍惜妳的，我的紫水晶。」

聽到他打從內心感到喜悅的聲調，吉兒的臉頰也不禁發熱。不過，哈迪斯瞬間將吉兒放下。

「對、對不起，我開心過頭了。我們的關係才剛進展到一起喝茶而已。」

看他一臉正經的表情如此說道，反倒讓人鬆了口氣。

（真是奇怪的男人，但他說只有形式也可以……）

在吉兒瞬間冷靜下來同時，哈迪斯握住她的手。

「說真的，我也不懂戀愛和愛情，不過我要向妳展現我對妳的真心。」

吉兒疑惑地抬頭，看見他的唇落在自己手上。她尖叫著向後退，目瞪口呆地看著被吻過的左手無名指閃耀的光芒。飄浮在那裡的小光環，是純度很高的魔力。

「拉維，請賜給我的妻子祝福。」

「好喔！」

拉維在吉兒頭上轉了一圈後停下，降下閃閃發亮的光之粒子——才這麼想，剛才左手無名指上的光環便形成金色的戒指，戴在她的手指上。

「這是……？」

「這是受到龍神祝福，貨真價實要成為龍帝妻子的女性——龍妃的戒指。它也是個記號。」

戒指的顏色與哈迪斯的瞳孔一樣，是明亮的金色。

吉兒想把戒指摘下來仔細觀賞一番，卻發現摘不下來。

「……那個，戒指摘不下來耶……」

「如果這麼簡單就能摘下，便失去它當記號的意義了。在正式舉行婚禮前妳對外還只是我的未婚妻，但只要有那枚戒指，未來無論發生什麼事妳都是我的妻子，我會永遠守護妳。」

哈迪斯說的話聽起來不像謊言，然而吉兒帶著複雜的心情看著戒指。

（記號啊……假如沒有壞處倒無所謂，這也表示他是真心的……）

不過，這次要謹慎。吉兒在心裡深處默默地下定決心。

她嘴邊不禁浮上殘忍的微笑，他受到求婚感到開心，卻甘於只有形式上的關係。嘴上說會珍惜並且守護她，但又說自己不懂戀愛與愛情。雖然很誠實，卻不真誠。

這個男人絕對沒有喜歡上吉兒。

戀愛會蒙蔽人的雙眼。吉兒已經知道這個道理，所以在確認下一個是值得託付的男人前，不喜歡上對方才是上策。

（至少我絕對不會比這個男人先落入情網。）

她先確立了這個必須遵守的攻略法。所謂失敗會成為往後的養分，就是這麼回事吧！

以後不會再因為戀慕之心而被利用，不會再犯這種錯。

正當她撫摸著因唇印而形成的金色戒指時，頭上突然傳來爆裂的聲響。

「什麼──」

而且聲響不只一次，第二次、第三次。船身嘎嘎作響且大幅度左右搖擺，灰塵紛紛從天花板上落下。

「這個……是、是襲擊？難道……」

是吉兒故鄉的人們因為她被綁架而著急地追上來了嗎？不過移動到哈迪斯肩上的拉維有不同的見解。

「剛進入拉維帝國就發生襲擊啊，難道是船上被放了什麼可以探測船隻動向的東西？」

「這、這是自己人的攻擊嗎？難道是維賽爾皇太子派安排的襲擊……」

拉維帝國的皇帝哈迪斯與哥哥維賽爾皇太子的陣營分裂為二，他們之間的政治鬥爭愈演愈烈的事，在克雷托斯也廣為人知。

不過，哈迪斯的回答與吉兒預想的不同。

「皇兄不會做這種事……沒有時間思考了，去一探究竟吧！」

聽到哈迪斯如同要去散步的語調同時，吉兒眼前的景色改變了。可以看見天空與海面的湛藍水平線，他們來到甲板上。

攀升到頭頂的太陽非常刺眼。

天空一片祥和，但吉兒感應到水平線那一端的魔力。

（——一、二、三……人數並不多……）

她閉上眼睛感應氣息。若那些人持續往這裡靠近，魔力應該會出現在視線範圍內——她探測海面後，發現數個人影。那些人背著朝陽往這個方向而來，從頭上到嘴巴都蒙著頭巾遮住臉孔，身上穿著帶有些微髒汙的青苔色防護服。那身打扮是有人以金錢僱用的傭兵，不是正規軍隊。

不過他們駕乘龍從空中飛來，可見是拉維帝國的人，而且還整齊地列隊。

（他們很熟練，雖然沒有自行飛行的魔力。）

應該幾分鐘內就會抵達這裡吧。

這艘船彷彿是個巨大箭靶，但絕不能被擊沉。

「那個，我們也應戰比較好吧？這艘船上有多少人——陛下？」

抱著吉兒的哈迪斯忽然單膝跪下，急忙將吉兒放到甲板上並且臉色大變，單手摀住嘴。

「糟糕……我真不小心……唔……」

「您、您怎麼了？難道被什麼攻擊——」
「我不小心曬到陽光了。」
吉兒傻眼到說不出話，哈迪斯雙膝都跪在地上，非常認真地繼續說道：
「而且我忘記今天睡眠不足……！」
「啊～這麼說來，你昨天沒有準時吃藥呢。」
「咦？拜託，不要開玩笑。」
吉兒正準備大聲開罵，哈迪斯卻在她眼前吐血。
吉兒茫然地站著，哈迪斯在她面前倒在血泊裡，手指指尖顫抖著。
「我就到此為止了……拉維，把她送到港口。」
「好唷～」
「咦？」
「放心，不必擔心。我是個怪物，放著別管……睡一覺恢復體力就沒問題了……」
「咦？」
哈迪斯如同要嚥下最後一口氣般閉上眼睛，隨即有個奇怪的聲音出現，船就停止航行了。
「咦……咦咦咦咦咦——！等等，這是怎麼回事？」
她反射性地抓著哈迪斯的衣領怒吼起來。
「給我醒來！敵人就要來了，該怎麼辦？而且剛剛不應該把我們從船艙轉移到甲板，應該直接轉移到帝國裡才對吧？這艘船難道是靠你的魔力才能航行？難道船裡沒有其他人嗎？你才答應要珍惜和守護我，為什麼身體突然就垮了啊！」

「好猛烈的吐槽風暴啊。」

「這情況不吐槽誰受得了！」

無論怎麼搖晃哈迪斯，他的臉色仍然如同死人般慘白，沒有醒來。而且即便船停駛，也沒有任何人出現。在一片寂靜中，吉兒的臉色泛白。

她在海上，身邊只有停駛的船、派不上用場的皇帝和冒牌龍神的蛇。絕望透了。

（我居然這麼大意，疏忽了應該要收集的情報……！）

拉維和哈迪斯都認為這場攻擊是自己人所教唆，表示這是拉維帝國內的政治鬥爭。若能仔細向哈迪斯詢問內情，就應該可以事先做好防範的準備，自己卻被戀童癖、蛋糕，還有攻略法這些事分散了注意力。

「啊～為了他本人的名譽，我要向妳說明。這傢伙選擇搭船而不是用魔力移動，是因為妳的魔力還不穩定的關係喔。」

「……陛下剛剛也說了同樣的話，但我不懂這是什麼意思。」

「也可以說是靈魂。小姑娘，現在這是妳真正的樣子嗎？」

吉兒心裡一驚，拉維身長背脊將視線迎上她。

「魔力與靈魂都會在身體裡慢慢安定下來，所以保持這樣沒有問題。不過在不穩定的時候做長距離的轉移，可能會造成身體與靈魂的分離。」

「這麼說，皇帝陛下是為了我沒使用轉移，做好會冒著危險的覺悟……」

「不，那是他自己太笨，沒有做好自我管理。他昨天因為被求婚樂昏頭，一整晚沒睡。」

原來如此，原來他那麼高興啊。真不知道該開心還是傻眼，心情真是複雜。

「他的身體很脆弱，畢竟人類的身體無法容納龍神所有的魔力呢。」

「……拉維大人會以這種不同的姿態出現，是為了分散魔力嗎？」

「嗯～有很多原因？好了，這些事待會兒再聊吧，要把妳轉移到其他地方。不過要把妳託給誰呢～這傢伙的身邊都是敵人。」

「請等一下，若我不在這裡，皇帝陛下該怎麼辦？」

「他不是說了嗎？就這樣放著沒關係。」

拉維說了這個讓人懷疑祂是否正常的言論後，用小小的眼睛回望吉兒。

「防衛本能會讓他行動。但這裡要是變成火海就完了——因為我們都是怪物。」

那是她所熟悉的界線劃分方式。

因為她是軍神大小姐，沒問題。不愧是軍神大小姐，真是可靠。她都知道——其實大家在背後都稱她為怪物。

軍神大小姐是怪物的代名詞，方便盡其所能地利用吉兒罷了。

「……我會想辦法的。」

「咦？」

吉兒握著拳，起身站在甲板上。倘若想以現在的身體發揮與十六歲時相同的魔力，可能太過樂觀。畢竟不知道身體的活動力如何。

（但是這個皇帝，想試著救我。）

現在要幫助他與相信他的理由，這點不就足夠了嗎？

她把哈迪斯扶起並靠在鐵欄杆旁，為了不讓他從船上落海，便用繩子將他和鐵欄杆一圈圈綁在一起。當她正在作業時，不經意與哈迪斯對上眼。

「……為什麼妳還在？拉維在幹嘛……」

「哈迪斯，她打算救你喔。」

「請不要擔心，我會保護您。」

他驚訝地對她眨了眨眼。明亮的金色眼瞳睜得又圓又大，看了感到心情暢快。這麼說來，當他下達虐殺命令後，讓他將眼光轉向自己時，她心裡也感到得意。

（嗯，這雙眼眸只注視著我的感覺真好呢。）

於是她對那雙金色雙眼再次保證。

「我說過會讓您幸福，對吧？」

接著向甲板一踢。

輕輕浮起的吉兒向船尾飛去。既然剛剛是朝著拉維帝國航行，那麼維持原本的方向就好吧。

所謂轉移是要扭曲時間的魔法，也就是能讓時間停止或倒轉，這個能操控時間的魔法幾乎等同擁有神的力量，一般人無法使用。

不過——吉兒下定決心，做了深呼吸。

她抓住船尾抬了起來。比預期還輕，這樣可以跟十六歲時的感覺一樣運用。

「預備！」

她用兩手以投球的氣勢將船丟出去。船身切過風阻，速度比飛翔渡海的鳥更快更高，船在空中飛行。

雖然有點擔心哈迪斯可能從甲板上滑落，但已經確認過他確實地被繩子綁在鐵欄杆上。剛放下心的瞬間，便有子彈擦過臉頰。

緊接著一個迴旋，吉兒以平時習慣的動作想從腰間拔劍迎擊，卻發現腰間空無一物而咂舌。

（沒武器啊，算了。）

她以魔力包覆的手抓住眼前飛來的子彈，然後握碎。

是熟悉的戰爭氣味。沒什麼好害怕的，那就是她。

「來吧，你是比我還要強的男人嗎？」

這句話，是馳騁戰場的軍神大小姐必說的台詞。

帶著無懼笑容的吉兒，朝著箭雨的方向衝了過去。

正午的天空中閃爍著魔力的光芒。

靠著鐵欄杆的哈迪斯呈現放空的狀態遙望這一切。

「嘿嘿，龍帝大人這個樣子真不錯，用繩子一圈圈繞著綁起來是什麼玩法啊？馬上就被妻子爬到頭上了。」

「……拉維，難道我現在正在被她保護嗎？」
「應該是吧？」
「……真不敢相信……胸口好難受……」
「因心動而死未免太蠢了！現在才正要決勝負而已。」
他當然明白，但即便想停下胸中激昂的鼓動也無法停止。這下該怎麼辦才好？
那個在空中飛舞，將敵人擊落海中的戰鬥身影，多麼尊貴又美麗。
「……不行，這樣下去不行。讓那麼小的孩子……」
「你身體狀態變差，情緒就跟著不穩定……加油～別輸給自己啊～」
「但是拉維，我全身發熱，覺得輕飄飄又暈頭轉向……」
「咦？你難道對她是認真的嗎？別這樣，那可是地獄啊！我們是為什麼才找龍妃的？」
「地獄……你說得對，是地獄，胸口才會這麼難受……」
她嬌小的背影看起來與另一個女人堅韌的背影重疊。那才是她真正的樣貌吧？
不，無論她是什麼模樣都無所謂。是小孩或其他模樣，只要是她就可以。
只不過，那馳騁於戰場的正義女神之姿，耀眼得無法直視——也就是——
「絕對是因為暈船……」
「居然是暈船？」
要好好珍惜她，那女孩是龍帝的新娘。
若無法守護自己到最後則會迎來死亡，是個可悲的誘餌。

在海面上滑行的船隻以衝撞的氣勢抵達軍港。水珠飛濺聲與哀號聲交錯之中，吉兒降落到哈迪斯身邊喊道：

「這是皇帝陛下乘坐的船！我們因為遭不明人士襲擊逃回這裡！快送陛下到診療室！」

惶恐的士兵們慌慌張張地趕去尋找支援。多虧喊出皇帝陛下的稱號，很快引起人們注意，陸續有人上船查看。

「這、這位就是皇帝陛下？那麼，為什麼會被綁著……？」

「那是敵人幹的！」

「妳是什麼人？」

「……她是……即將成為我妻子的女性……」

哈迪斯斷斷續續地答道。周圍的人群開始騷動。

「不可對她無禮……她是我的未婚妻……我的……紫水晶公主……」

還要繼續說下去嗎？才剛如此心想，哈迪斯便失去意識被抬上擔架。

「哎呀～看起來是暈船、睡眠不足，還有生活作息不正常，大概要睡很久才會醒了～」

拉維拍著祂小小的翅膀在往來的人們頭上飛舞，接著降落在吉兒的肩上。正當吉兒要開口，祂先提出警告。

「要是跟我說話，會被當作自言自語的危險女孩喔！」

於是吉兒儘量不將視線放在祂身上，壓低聲音說道：

「大家真的看不見祢呢……也聽不見聲音嗎？」

「大家聽不到我，也無法觸碰吧～我本來的模樣也不是這樣。不過輕易就能看見或聽見我，大家就不會重視恩惠了。我好歹是龍神啊！」

「祢沒跟著皇帝陛下沒問題嗎？」

「不能離開太久，但只有幾個小時不會有問題。謝謝妳救了那個笨蛋。」

「我只是做了該做的事。」

拉維吹了聲口哨。

「那麼說真是太帥了～！妳連不像小孩的這點都讓人欣賞。而且妳是哈迪斯費盡苦心終於找到的妻子，我就暫時幫妳的忙吧，小姑娘。畢竟那個笨蛋的妻子就是我的妻子啊！」

會變成那樣啊？吉兒漫不經心地回應。

「妳知道這裡是哪裡嗎？」

吉兒從腦中喚起地圖的記憶。

普拉堤大陸被克雷托斯王國與拉維帝國一分為二，聖山拉奇亞山脈將這片土地從中間分為東西兩邊，山脈兩側的陸地形狀有如蝴蝶翅膀展開。他們是從位於西方的克雷托斯王國的王都，以渡海的方式抵達位於東方的拉維帝國，這麼一想，她得出答案。

「能與克雷托斯王國往來又有港口的地方……水上都市貝魯堡？」

「喔，沒錯。沒想到妳知道呢～」

「那當然，說起『貝魯堡情殺事件』──」

她停下說到一半的話，因為那是未來發生的事件。

這座水上城市將會因為惹怒年輕皇帝哈迪斯而遭到燃燒殆盡。

吉兒在甲板上停下腳步，拉維正抬頭看著她，於是她搖了搖頭：

「不，沒什麼……請問對陛下而言，這裡是什麼樣的地方？」

「這是個問題啊。剛剛哈迪斯說了妳是他的未婚妻吧？這麼一來可能會因此發生一些爭端也說不定喔！」

正當吉兒想追問下去時，從下船用的棧橋那端傳來高亢的聲音。

「那麼，哈迪斯陛下平安無事嗎？」

「請、請冷靜點，蘇菲亞小姐……我們也正在確認中。」

吉兒一邊想著不知發生什麼騷動，一邊沿著跳板下船，終於踏上陸地。同時間，棧橋那端的年輕女性仍向士兵追問狀況。

那位女性一眼就能看出是出身高貴的千金小姐。她身穿剪裁別緻的絲綢洋裝，與令人憐愛的長相非常相襯。摻雜些許金色的髮絲，看起來既蓬鬆又柔軟。那女孩真像棉花糖。

「他現在在哪裡？請讓我跟哈迪斯陛下說說話……！」

「就、就算您這麼要求，我只是個底層的士兵，沒這個權力……請和您的父親貝魯侯爵商量看看吧？」

「但是、但是，聽說他從克雷托斯帶了一個小女孩回來……我到底該如何是好……！」

那雙充滿不安的眼睛，從視野的餘光捕捉到吉兒。

正當吉兒不知道該如何反應而杵在原地時，拉維在她耳邊低聲說道：

「那個人是妳的情敵之一喔！她叫做蘇菲亞，是治理這裡以及附近一帶的領主女兒，也就是侯爵千金。而她是哈迪斯的未婚妻候補。」

「什麼……？」

「哈、哈迪斯陛下帶回來的孩子，難道就是妳嗎？」

雖然顫抖著，蘇菲亞以抬著頭的姿勢走到吉兒面前。不過她那張滿懷悲壯的臉龐，隨即因悲傷而扭曲。

「居、居然是那麼小的孩子……哈迪斯陛下果然……！」

我想也是。吉兒的臉頰不禁一抽。

但蘇菲亞的心意是認真的。她緊握手中的手帕全力喊道：

「我、我不會將哈迪斯陛下交給妳的！妳這個……這個小狐狸精！」

那可能是蘇菲亞竭盡畢生所能的怒罵，她淚流滿面地轉過身，卻因為用力過猛「砰」地一聲重摔在地。

「……」

「妳、妳給我記住，我、我不會輸的……！」

就算說要記住，但吉兒什麼也沒做、什麼也沒說。

額頭捧紅的蘇菲亞宛如脫兔般急奔離去。大概是逃走了。

還沒從驚訝中回神的吉兒低喃道：

「……情敵？」

「對，情敵。妳可別太欺負她喔～」

即便是龍神，也不該期待一個十歲的孩子能理解男女間情愫的微妙之處。

（不過他不選那位令人憐愛的女性，而選擇我……難道是因為我的身體比較強壯？）

重新做人之路看來前途多舛。

吉兒嘆著氣，腳邊有一陣風輕輕吹過。

第二章 戀情與情殺，偵察敵情

吉兒並沒有被邀請至領主貝魯侯爵的城堡中，而是當作客人軟禁在強化成要塞的港邊某處。克雷托斯王國因為面海，而將部分的港口打造成軍港，軍港中有拉維帝國的北方師團駐守，因此將她安排在這裡。另外也聽說因為蘇菲亞反對吉兒入城才如此安排。

哈迪斯尚未醒來，這個皇帝陛下來路不明的未婚妻所說的話究竟該不該盡信，應該讓現場不知如何是好。順著千金小姐任性的理由，便將吉兒安排在皇帝管轄的軍港中，保留對她的處置。加上儘管吉兒是個孩子，但是皇帝搭的船遭到襲擊，她又是其他國家的人，必定會先懷疑是否為間諜。

根據偷聽到的消息，他們似乎還得先確認哈迪斯是不是真的皇帝。因為哈迪斯應該還沒有從克雷托斯王國回來，他不在預定歸國的時期回來似乎引起了疑慮，所以得向帝都確認。

（真是可疑啊……）

哈迪斯是否真的是皇帝，向蘇菲亞確認不就知道了嗎？

即使已經知道今後的歷史發展，還是讓人感到非常可疑。

不過，還不知道敵人的動向，也不知道他們潛伏在哪，當然不能將門破壞，把看守的人打昏後逃跑，現在應該要安分地待在這裡。

在上鎖的房間裡，吉兒將手撐在椅子的扶手上托腮。

「我也不是很清楚事件的詳情。」

六年後的克雷托斯王國將這裡發生的事件稱為「貝魯堡情殺事件」。

從克雷托斯王國回國的哈迪斯舉辦了宴會宴請眾人，身為未婚妻候補的領主女兒——蘇菲亞因為婚約遭回絕，逐一殺掉受邀而來的其他未婚妻候補們，放火燒城後自殺。當時因為風勢強烈，火勢蔓延速度過快，造成貝魯堡完全燒毀。貝魯侯爵主張女兒無罪，並控訴當時常駐此地的北方師團怠忽其職，但哈迪斯完全不當一回事，將侯爵家的人全員處決，貝魯家從此滅絕。

侯爵家自然有失當之處，但並非謀反或想取哈迪斯的命，況且還有保護皇帝的軍隊北方師團在當地，然而哈迪斯在事件發生後，將貝魯侯爵家的所有領土收納為皇帝的直轄地，並重建貝魯堡為軍港都市。認為滅絕侯爵家是處置過當的批判聲浪，以及懷疑這個事件是哈迪斯為了將軍港都市化而策劃的言論從擁護皇太子的派系中爆發出來，使拉維帝國內部對立更加嚴重。

這個對立將成為與克雷托斯王國開戰的導火線。貝魯堡的事件後，皇太子派開始積極與克雷托斯王國接觸。吉兒身為傑拉爾德的未婚妻，直到從軍前都在王都持續嚴格訓練學習禮節規矩、政治學等等，因此她曾看過那位使者，這件事決不會錯。

然而吉兒所知道的只是克雷托斯王國當中流傳的情報。對於敵國的內亂事件，其殘暴與非人道的情況可能遭到蓄意加油添醋，作為戰爭用的政策宣傳手段。而且說到底，情報是來自皇太子派，事實有極高的可能性被扭曲成對哈迪斯不利的情報。不能全然盡信。

（實在難以相信那個看起來不會持刀的女孩會做出那種事……她連罵人都只說「小狐狸精」

耶。）

她在六年後已經學習到判斷女性不能以貌取人，所以蘇菲亞不會與事件無關，不過事情可能被誇張化，或是實際上有其他的原因。

現在還有時間可以調查，不知道能做些什麼呢？

哈迪斯原訂回國的時間應該是半個月後。吉兒的記憶中，她與傑拉爾德的婚約成立後，拉維皇帝在克雷托斯王國待了一段時間並沒有引發任何問題。這麼看來，照歷史發展，那個事件會在之後才發生。

「如果能順利布局就能防範未然，甚至阻止事件發生……」

因為哈迪斯突然帶吉兒回國，打亂時間順序，而且他是將吉兒以未婚妻的身分帶回來，如此表示同樣的事件未必會發生。

只是同樣的事件一旦發生，就會是開戰的導火線。

吉兒決定成為拉維帝國皇帝哈迪斯的妻子，雖然是為了逃離傑拉爾德，既然事已至此，不如貪心點，希望能避免與故國開戰。

她並沒有打算做出改變歷史那麼重大的事，不過一旦開戰，身為敵國出身的皇后會遭到什麼樣的對待，一點也不難想像。

而且她也不想與故鄉或是尚未相遇的部下們打仗。

（……在那個未來裡果然……大家都死了吧……）

光想像那些事，便感到心痛不已。但至少現在他們應該都還活著。

她認為即便再也無法與那些人相遇也很好，畢竟他們曾經因為是她的部下，而遭到傑拉爾德處決，所以無法再次相遇也無所謂。

「小姑娘，妳還好嗎～？」

「拉維大人。」

「來，我帶禮物給妳了喔。」

半透明的拉維從牆壁穿透進房間，「砰」地在頭上變出一塊派，讓吉兒臉上表情一亮，她伸手拿過來，立刻含入口中。

派皮濕潤的口感、以砂糖熬煮櫻桃以及莓果的酸甜味，醞釀出難以形容的醇厚香氣。沒想到連軍港都有這麼美味的食物，看來飲食文化是拉維帝國更勝一籌呢！

沒錯，抵達拉維帝國後，吉兒率先知道的是這裡的食物有多美味。

首先，料理的種類相當多。即便只是一塊麵包，口感、微微地香氣與味道就有所不同。而且還有燉菜專用麵包、只抹奶油就能享用的麵包，搭配不同食用方式而創造出的種類之多，讓人感動不已。當她品嘗到那個將切成四方形扁平的麵包放上太陽蛋、香腸與切成薄片的洋蔥做出的成品，簡直認為自己是為了一嘗這道食物而重生的。

單就食材而言，還是克雷托斯王國比較豐富，因為那裡受到大地女神克雷托斯庇護，王國領土內任何地方都能栽種作物。不管到哪裡都不缺食物這點，是克雷托斯王國物產比較充裕的原因之一。

不過受到真理庇護的拉維帝國，料理技術非常厲害。所謂真理就是下工夫，在拉維帝國，各地的作物收成都不理想，因此產生保存食物的方法與如何美味食用的智慧。

（用糖熬煮櫻桃與莓果簡直是天才！）

在克雷托斯，櫻桃與莓果都是直接食用，雖然也有精製砂糖，但是未建立大量生產的技術，無法輕易流通讓所有人使用。當然食材本身直接食用已經非常好吃，不過經過砂糖熬煮後加入派中，簡直是惡魔的食物。

「小姑娘吃得津津有味呢～妳對於被軟禁的事不在意嗎？」

吉兒一臉幸福地鼓著臉頰咀嚼著，對看傻眼的拉維歪著頭說：

「可是我受到貴客的待遇耶！有床和桌子，房間又乾淨，也能夠好好洗澡……況且這裡供應三餐，更有拉維大人像這樣為我送來慰勞的點心呢！」

「食慾最重要啊，看來哈迪斯的判斷並沒有錯……」

「陛下的狀況如何？」

「妳終於想到要問這件事了。難道還在為蘇菲亞姑娘的事生氣嗎？」

吉兒眨了眨眼睛，停下正拿著派吃的手。

「皇帝陛下的未婚妻候補或妻子人數眾多是很普通的事吧，我跟皇帝陛下剛認識，而且如同我所申明的，我們會有好一段時間只是形式上的夫妻，沒有生氣的理由。」

拉維眨了眨小眼睛，露出妙不可言的笑容，在房間上方來回飛舞。

「別那麼說啊，小姑娘。那笨蛋醒來後第一句話就問：『我的紫水晶是現實嗎？』在聽到妳跟蘇菲亞意外打到照面之後，就說：『不行了……我會被甩的……』之類的話，還作了整晚的惡夢呢！」

有危機感是很好，但心理層面太脆弱了吧？只是他那麼掛心，單純地……嗯，怎麼說呢？

（好像……有點開心……）

她紅著臉咬著派，拉維則笑嘻嘻地說道：

「不過他很快就振作起來了～等做好準備應該就會過來，妳也要養好精神迎接喔……啊，說人人到。」

房門另一邊，傳來看守詢問來者身分的聲音，然而轉眼間便有魔力的氣息傳進房裡，房門外靜了下來。

應該是讓看守睡著或暈倒了。吉兒將最後一口派囫圇吞下肚，穿著靴子的腳步聲愈來愈近，接著響起敲門聲。

「是我，讓我進去。」

「是。」

吉兒站起身，瞥見疑似哈迪斯的身影，隨即跪下並將頭垂下。

（……嗯？好像有股很香的味道。）

雖然很在意，但還是保持低頭的跪姿。之前因為事態過於緊急而忘了這些禮儀，否則按規矩而言，在沒有皇帝允許前，是不能抬頭謁見皇帝容貌的。

面對吉兒的迎接，哈迪斯感到很困惑。

「妳不必對我下跪。」

「那可不行，您是皇帝陛下。」

「為什麼對我那麼見外？那個……我的紫水晶，妳在生氣嗎？蘇菲亞小姐的事是個誤會，我們不是那種關係。我的新娘非妳不可！」

「……那個，很高興陛下這麼在乎我的事。」

雖然有戀童癖，這件事現在要忍住不能說。

「但是，我們只是形式上的夫妻，不需要太過在乎我。」

希望他不要有什麼誤會。

哈迪斯似乎坐到椅子上，思索了一番後開口說道：

「即便我們只當形式上的夫妻，還是需要付出努力維持關係。我不想被妳討厭，甚至希望妳能喜歡我，難道以成為真正的夫妻這個目標努力，對妳而言有不妥的地方嗎？」

「不、不是……並不是這樣。只是，現在還有其他要處理的問題吧？」

「對我而言，妻子的心情就是最重要的事。妳說的都是真心話嗎？妳對這方面的事其實沒什麼免疫力吧？在我為妳穿鞋時非常驚慌呢！」

被說中的吉兒無言以對，哈迪斯得意輕笑出來。

「果然是那樣，看來我猜對了？」

「才不是！倒希望以後您別再對我做那類的事情……！」

「但我做的蛋糕和派，妳明明都津津有味地吃了耶？」

吉兒忍不住抬起頭。

哈迪斯的臉色比之前好多了，看來身體狀況已恢復。

但不知為何龍神拉維的末裔皇帝，在他美麗的頭髮上綁著三角巾。

「唔！」

順勢站起身的吉兒，從頭到腳確認他的打扮。

領口開著四方形的開口——難道是圍裙嗎？更不可置信地，他修長的手指戴著隔熱手套。而且這些物品的顏色，都是只有拉維皇族才允許使用的深紅御用色。皇帝使用這顏色理所當然。

不對，問題不在這。

問題是，為什麼皇帝要穿戴三角巾與圍裙，手上還戴隔熱手套捧著鐵板，鐵板上還有剛烤好的麵包？

（不對，還有這個問題之前的問題？）

「我的幸福家庭計畫果然萬無一失。來，這是我為妳烤的可頌。」

吉兒還是接過了那雙隔熱手套遞過來的可頌。

可頌很鬆軟，還帶有餘溫。從外觀就知道烤得酥酥脆脆，烤痕還帶有光澤。這就是哈迪斯進入房間時飄散著香味的原因。

他手上的成品看起來不像外行人做的，真不愧是龍神的末裔——話說，這兩件事有關聯嗎？

「我被下毒是家常便飯，因為每次都要查找犯人實在太麻煩，於是開始自己下廚，做著做著覺得有趣，也做出興趣來了。何況我成為皇帝後，人手也不夠。」

「……皇、皇帝親自下廚……」

「剛好也能順便進行健康管理，只是沒想到廚藝會在這時候派上用場……正所謂堅持就是力量。成為皇帝後，從使用材料到烹調器具都能使用好東西，現在無論是麵包或點心，都能信手捻來，沒有我不會做的。」

「沒、沒想到我至今所吃的東西……」

是皇帝親手做的料理。

雖然感到震驚，但吉兒仍無法放下手中的可頌。哈迪斯彷彿早已看穿她的心思般，對她微微一笑。

「若妳願意，往後妳的飲食都由我親自掌廚吧！」

不知何時，戴著三角巾的惡魔配合吉兒的視線高度跪在她面前，對她輕聲說道：

「聽說夫妻感情和睦的祕訣，首先要抓住對方的胃。從妳的狀況看來，真是說對了。看來偶爾看大眾書籍也會派上用場——好，我要讓妳喜歡上我！」

他八成是在很偏門的書上讀到的，不過對吉兒來說完全命中。她無法動彈。

「早餐就做班尼迪克蛋吧！克雷托斯沒有這道料理，有滿滿的雞蛋放在上面，底下是麵包夾著煎得脆脆的厚培根……」

「……您、您以為我會屈服於……那樣的早餐嗎……？」

「妳很快就會改變主意了，因為妳的味蕾已經嘗過我做的味道，一旦嘗過應該就無法回頭。請盡情享用我的味道吧。」

「真、真是猥褻的說法，請不要那麼說！我還只是個孩子！」

好不容易才回嘴的吉兒，讓哈迪斯感到匪夷所思。

「正因為妳是個孩子我才這麼做。妳是我的妻子，追求妳有什麼不對？不如說這麼做對妳才是禮貌。」

「我的年紀是個問題！您要有大人的良知。」

「大人啊，也只不過是年紀比較大的孩子罷了！」

哈迪斯大言不慚地說完孩子氣的聲明後，露出甜甜地微笑。

「來，把嘴張開，我餵妳吃吧！這是我為妳製作的愛，希望妳能記住它的形狀與味道，以後再也無法接受其他食物。」

「住、住手。」

看起來相當美味的可頌逼近。被抓住下巴的吉兒雖然搖著頭，仍然無法抵抗。

烤得香酥的麵包香，混合著奶油與砂糖的氣味，而且剛出爐這點根本犯規。可頌慢慢地進入口中，它發出酥脆的聲響所產生的幸福瞬間，教人如何抗拒。

「好孩子，這樣妳就無法從我身邊離開了……沒錯，我們是因可頌而結合的夫妻。」

「……哪有……這樣……」

吞下口中的可頌後，吉兒退後一步，重新拿回可頌。

「哪有這種愚蠢的夫妻啊？給我搞清楚您做的事有多奇怪，變態皇帝！」

她將可頌塞進哈迪斯口中，就這樣將他壓倒在地板上。拉維的爆笑聲從天花板傳來。吉兒接住從哈迪斯手上飛出的鐵板，在喘完氣後吃下第二個可頌。

「奇怪，哪裡有問題嗎？」

「是你的腦袋吧！」

「怎麼會這樣呢？我的計畫應該很完美才對，她竟然沒有喜歡上我……到底是哪裡出了問題呢……？」

「所以說是你的腦袋啊，閉上嘴用臉蛋決勝負就夠了，一定會大獲全勝。」

「陛下，拉維大人，如果沒有要談正經事，可以請兩位出去嗎？」

吉兒對著和桌上的仿冒蛇一起做分析的皇帝冷冷地說道。她已經失去遵守禮儀的心情了。

不過哈迪斯一點也沒生氣，歪著頭說道：

「妳明明把我做的可頌都吃完了耶？」

「那、那是因為……我、我都說了，現在有其他問題要處理才對吧？您讓看守的人睡著，代表您是特地從城堡偷溜到這裡來的，是不是發生什麼事了？」

「沒有，我只是想看看妳的臉。」

這出奇不意的回答，讓吉兒紅了臉。

但哈迪斯似乎沒注意到，只是將雙腳互換交疊後重新坐好。就算穿戴著三角巾與圍裙，仍然非常有架式。

「不過現在事情確實有點麻煩。因為妳應該早就在我的命令下解除軟禁，過來照顧我了。」

吉兒並沒有聽說皇帝有下這道命令——這表示……

「貝魯侯爵無視皇帝陛下的命令嗎？」

「他表面上有服從喔。但現狀是妳仍然在這裡，而且他假裝擔心我的身體狀況變差，斷絕了我與外界的接觸。我要他傳令到帝都派人來接，然而這命令不知是否有傳達到。」

「……難道是謀反嗎？」

吉兒壓低聲音問道，哈迪斯冷笑起來。

「若真是如此，他面對被詛咒的皇帝膽子還真大。」

「……那個，被詛咒是……？」

「妳在克雷托斯沒聽說這個傳聞？」

「只有聽說陛下身邊有人死亡或是鬥爭不斷，這些是不足為奇的事。」

聽到吉兒的說法，哈迪斯睜大眼睛。

「不足為奇的事……沒想到會有人用這個方式詮釋。」

「我並不是想說那些是捏造的，只是克雷托斯和拉維兩國的關係，即便客氣地形容也不能說關係良好吧？所以關於陛下的為人，我只知道片面的說法，我想聽陛下親口說自己的事。」

「妳想親眼親耳聽我說來判斷我的為人嗎？……真讓人傷腦筋啊。」

「為什麼？」

「因為這樣我可能就會喜歡上妳啊！」

吉兒在臉紅後，才真正理解他用彆扭的語氣所說的話。

「您在說什麼……不、不對，這樣不是正好嗎？陛下剛才不是打算追求我嗎？」

「我是希望妳能喜歡上我，而不是自己喜歡上妳。」

「什麼？」

「啊～這樣對話沒進展，這部分晚點再說。時間不多了，快點說明！」

哈迪斯對插話的拉維乾咳了一聲。

雖然心中仍覺得有疙瘩，但吉兒想避開這個話題，於是準備聽他說明。

「妳知道我本來是離皇位繼承權最遠、排序在最後的皇子嗎？」

這種事情吉兒也略有耳聞。

「他的母親是側室，身分低微，只允許留下他或哥哥維賽爾其中一人在帝都當皇子……於是陛下就被驅逐到邊境了。」

吉兒聽著拉維的說明便察覺到，這個皇帝沒有被母親選上。

面對吉兒的困惑，哈迪斯給一個笑容作為肯定答覆。

「正確地說，我是被拋棄了。因為我能看見這傢伙所以讓人感到恐懼，母親受到指責生出了一個怪物。」

被哈迪斯看了一眼的拉維有些不屑地說道：

「因為前代與前前代，還有好幾代以來的皇帝都看不見我啊。」

「不過我看得見。所以我知道，有一天自己會成為皇帝——不，是非成為皇帝不可。」

哈迪斯說，事情開始發生異常，是從他十一歲生日開始。

未曾謀面的同父異母的哥哥——皇太子突然病死了，死因是心臟病發。那時還有許多適合繼承皇太子之位的男孩，所以被遺忘在邊境的哈迪斯沒收到任何通知，下一任皇太子便決定好了，但又隨即在浴室溺死。

「再繼任的皇太子上吊自殺了。據說他成為皇太子後，每晚都聽到女人的聲音。下一個是早上洗臉時窒息而死。就這樣，比我先被選為皇太子的人接連死去——每年每年，都在我的生日那天一個個死去，彷彿禮物一樣。」

吉兒無言以對，下意識地看向拉維。拉維非常憤慨地說：

「可不是我幹的！而且不必做這些事，這傢伙也會成為皇帝！」

「我曾寫信到中央，願意回覆我的只有維賽爾皇子——我的皇兄而已。不過，他也是排序很後面的皇子，沒有將我召回中央的權力。倒不如說，因為他與我有聯繫，反而讓母親大人擔憂得生了心病，反而給他添了麻煩。」

「居然生了心病，你們明明是親兄弟，怎麼會……」

在吉兒不知所措中，哈迪斯以淡然到不可思議的態度繼續說道：

「只是，怪異的死亡持續了五年以上，應該已經無法以巧合來解釋，皇帝接受皇兄的建言將我召回宮廷中，讓我當皇太子。而在那一年，沒有任何人死亡。所以這也成了父皇決定讓位給我的關鍵……他應該很害怕自己位居於我之上吧。」

前代皇帝像逃命般決定隱居，為求保命，將所有一切都讓哈迪斯繼承。

就這樣，年僅十八歲的拉維帝國年輕皇帝就此誕生。

「最後在我的加冕儀式當天，母親大人自殺了。據說她是因為不想住在怪物統治的國家。於是，被詛咒的皇帝就這樣成形了。」

「無言以對」大概就是用在現在的狀態吧。看著不知該說什麼的吉兒，哈迪斯淺淺地微笑。

「都是過去的事了，妳不必在意。」

「可、可是……陛下什麼都沒做，對吧？您明明一點錯都沒有，這……」

「放心，皇兄幫我說服了不少身邊的人，現在的生活一切都還算平靜。」

「真的是……這樣嗎？」

「嗯，皇兄雖然看不見拉維，但是他相信我。」

看著開心地說這番話的哈迪斯，吉兒心裡卻為別的事冒著冷汗。

（如果我沒有記錯，你接下來會以謀反還是內亂的罪名，將你那個皇兄與同父異母的兄弟一個也不留的處決掉啊……？）

況且在這之後，將情報洩漏給克雷托斯的人，正是維賽爾皇子。他去找傑拉爾德密談時，吉兒曾見過本人。

「當然了，並非所有事情都很順利，皇兄應該也有自己的打算。其他兄弟現在還避著我，但有一天，我們能心平氣和暢談的日子會來臨，我是這麼相信的。」

難道這個皇帝就是這樣持續地選擇相信，卻持續遭背叛嗎？

接著在最後迎來絕望？

（那真是……）

一切都還沒成定局。吉兒強忍住因為什麼都做不了而想搥牆的衝動，藏起緊握的拳頭，換了一個話題。

「……克雷托斯王國這幾年對於拉維帝國沒有明顯的動靜正感到不可思議。原來原因就是陛下的詛咒吧。」

「是的。因為每年立的皇太子都死去，許多優秀的人才也都逃跑了，所以我當上皇帝後，把所有心力放在安定政局上。但不知為何，人們稱我為被詛咒的皇帝。皇兄雖然幫忙安撫大家，但只要有人稍微受傷，就會認為是來自我的詛咒而引起騷動，另一方面，也有人懷疑皇太子連續死亡的事件，是否一開始就是我策劃的。」

遭放逐邊境又被遺忘的皇子通常無法做到這樣的事，然而恐懼卻能輕易地戰勝道理與邏輯。

「再說，皇兄是個優秀的人才，又有人望，最近有人打算將他推上皇帝之位，根本不顧皇兄的意願。之前還說害怕詛咒，真是好了傷疤就忘了痛。」

「……那麼先前襲擊船隻的人，主謀也是維賽爾皇太子或他身邊的人嘍？或者可能是其他的兄弟不受控……」

「但皇兄與其他兄弟和皇族都親眼見到身邊的人接二連三死去，之前還曾傳出宣示要成為皇太子等於宣示赴死的說法，他們應該不可能那麼輕易就忘記那股恐懼。」

確實在那樣的情況下，皇族會提出廢除哈迪斯的可能性相當低。

「那麼最需要懷疑的人，只有貝魯侯爵了。」

「抱歉。」

吉兒陷入沉思，哈迪斯的臉突然一沉，對她說道：

「我受詛咒的事在我國非常廣為人知，但對於克雷托斯王國出身的妳而言，未必知道這件事的詳情。應該在結婚前向妳說明的……但我實在太開心了。」

「到底開心成什麼樣子啊……」

「不過有關詛咒的事妳不必擔心，我已經有妳，不會再發生詛咒了。」

「……這件事跟我有什麼關係？」

吉兒感到相當困惑，哈迪斯開心地繼續說：

「細節就省略不說，簡單而言，龍帝只要沒有娶妻就會引發詛咒，這樣理解就好。只要有受到拉維祝福的新娘在，詛咒就會消失。」

「那您怎麼不早點結婚就好了……」

哈迪斯才十九歲，而且是位皇帝，想要候補當新娘的人應該不計其數才對。面對她單純的疑問，哈迪斯臉上忍不住浮現苦笑。

「我說了啊，我是在邊境的皇子，是個沒給食物、把我關起來都沒餓死的怪物喔？沒有人會想跟我有接觸。」

糟糕──吉兒心想。但話已說出口無法收回，能做的只有謝罪。

「……非常抱歉，我思慮不周……」

「我說很多次，都是過去的事了，妳別在意。何況，若是無法看見拉維的人，也無法獲得祝福。就算我一開始就當上皇太子，也未必能夠找到既看得見拉維，魔力又強的女孩。」

吉兒開始明白自己為何受到哈迪斯的歡迎。還有他異常欣喜的程度，以及極度希望吉兒能喜歡上自己的原因。

（這麼看來，在他身邊的人只有拉維大人而已，他一直都是孤單一人啊。）

「幸福家庭計畫」這個聽起來感到愚蠢的詞彙，在這一刻格外令人感到沉重。

「……陛下不會認為這一切很不合理嗎？例如……您的家族、國家還有身邊的人。」

「為什麼？我是龍神拉維轉世，是為了成為皇帝而生的人，而我也當上了皇帝。他們都是我應該要保護的人民與家人。倘若否定這些，就是輸給命運的安排。」

皇帝的臉上逐漸浮現的笑容很美，同時充滿驕傲。

「有拉維在，現在還有妳在，我不會輸的喔。」

他那雙挑戰未來的眼神中，似乎又突然被那尚未癒合的傷口牽動。吉兒驚訝地不斷眨著眼。

（不，再怎麼說那都不可能吧。冷靜點！把這些事情總結來看，陛下想跟我結婚的理由只是想解除詛咒而已。）

這麼一想，所有事都串聯起來，她終於看見希望。

「那麼，難道結婚對象要未滿十四歲的條件，也與詛咒有關嗎？」

「不，絕對必要的條件是能看見拉維，年紀可以說是個保險，只是我的理想。」

真不該問的。

「所以，妳完全是我的理想對象啊！」

「這樣嗎……我倒是感到遺憾……」

「因為這樣，我們接下來三年可以不必有所顧慮地在一起。」

聽起來話中有話，但哈迪斯只是笑嘻嘻的。她看向拉維，祂把頭別開。兩人都沒有要再解釋的意思。

（看來這些話不是謊言，但也不是真正的實情。一定還有其他內情。）

這件事和目前的狀況似乎無關，現在沒那麼多時間，吉兒乾脆地轉換了話題。

「陛下的身邊有很多敵人，這件事我明白了。關於此事，陛下打算怎麼處理？」

「得未雨綢繆才行，對方只要有敵對的意思就澈底摧毀。不過不做沒必要的鬥爭，只要對方不出手，我就不會有怨言。」

吉兒深呼吸後，重新振作起來。

哈迪斯所說的方針，和她想的幾乎一樣。

「那麼首先，為了知道貝魯侯爵的目的，必須先收集情報。請陛下繼續假裝身體不適，留在城堡裡休息，那樣對手比較容易放鬆警戒，也比較安全。我會趁這段期間想辦法。」

哈迪斯目瞪口呆地看著站起身的吉兒。

「妳要想辦法？妳一個人嗎？要怎麼做？」

「我很擅長偵察任務，事前有猜到可能會有需要……」

吉兒掀開地板，取出偷偷藏起的男孩衣物，當中甚至還有吊帶與小帽子。拉維驚訝不已。

「喂喂，妳從哪裡得到這些東西？」

吉兒指向靠近天花板的通風口。

「第一個晚上我從那裡出去過，從軍港裡的教堂借來的。雖然覺得很過意不去，但這應該不是別人的所有物品，是捐贈品……」

「哦，因為那裡經常會收留一些孩子……沒想到妳已經偵察過了，小姑娘真是太厲害啦！」

「但是那時是晚上，只能掌握到軍港部分的狀況。不過我自從被軟禁至今相當安分，現在看守應該也比較鬆懈。而且說實話，這裡的軍港守備很鬆散，我推測大概是由貴族的次男或三男等人，掛個職位安插在這裡而已吧？」

吉兒的疑問，使哈迪斯認同得點點頭。

「正是如此。軍港本身是由北方師團駐守，這裡畢竟是貝魯侯爵的領土。即使面對克雷托斯是共同戰線，但現在一直處於休戰狀態，要是安插太重要的人會引起大家反感。」

「那麼，就算逃跑被發現，事情也不會太嚴重吧？他們為了隱蔽失誤，還可能會粉飾太平。加上我是小孩子，這點對行動也有利，請交給我吧！」

哈迪斯皺了皺眉。

「妳確實展現出厲害之處，即便如此還是很危險，若是有個萬一……」

「真要說的話，皇帝陛下才是處境危險的人。若貝魯侯爵真的有什麼企圖，您等於受到敵人囚禁。而且，請不要小看我，我可是您的妻子。」

吉兒堅定地抬頭看著哈迪斯。

「看到丈夫身處危險之中，身為妻子怎麼能無動於衷——陛下？」

哈迪斯忽然摀住胸口，並且站也站不穩，吉兒急忙跑到他身邊。

「您怎麼了？身體還是不舒服……」
「似、似乎是這樣。心、心臟跳得好厲害……呼吸……」
「您還是早點休息比較好。要是我能送您回去就好了……」
「沒、沒事的，我能自己回去……雖然現在可能不是時候，我有話要對妳說。」
她以雙手握住哈迪斯的手。哈迪斯的眉間出現因痛苦產生的皺紋，喘著氣說道：
「我現在，想為妳做很多很多蛋糕與麵包……！」
「真的嗎？那麼請務必儘早將身體狀況調養好……！」
哈迪斯的手回握吉兒的手，與她對望。看到他們這副情景，拉維的眼皮呈現半閉的狀態。
「我說你們啊……算了，哈迪斯，談得差不多了就早點回去吧！你的身體狀態還沒完全恢復吧？假如太過勉強，又得躺回床上了。你能轉移嗎？」
「應、應該可以。」
站起身的哈迪斯仍然搖搖晃晃的，看起來很危險。
但是不可思議的是，他並沒有散發弱小或沒出息的感覺，反倒讓人產生一種愛護之情，看著他就像是看著弟弟或小孩般，無法放著不管。
（嗯，沒錯，就是這樣……雖然他大我九歲，心智年齡也大我三歲，這點就睜一隻眼閉一隻眼吧。）
吉兒的內心某處鬆了一口氣，微笑著送哈迪斯離開。

隔天一早，吉兒假裝身體不適躲在被窩裡，看守非常大驚小怪地擔心她，又送水又送藥，幾乎讓吉兒感到抱歉。她事先請他們不要送午餐，說自己想好好睡一覺，接著將脫下的衣服塞在被子下，讓被子鼓起來，換好衣服後便進入通風口裡。

她不太想使用魔力，雖然這裡一切祥和，仍是軍港，在拉維帝國擁有魔力是不尋常的事，但士兵中有能使用魔力的人也不奇怪。

從教堂後側出來的吉兒拍掉身上的灰塵，將紮起的頭髮整理好重新塞進帽中。她將自己假扮成受到教堂庇護的少年，從軍人看到她的反應看來，也把她當成少年。所幸吉兒自從抵達貝魯堡後，仔細看過她長相的人只有蘇菲亞和看守而已，只要溜出來的事沒被發現，應該不會穿幫。

（……這麼說來，教堂裡沒有小孩，大家都出去了嗎？）

正當她歪著頭思考著該往哪個方向去時，有個聽起來很可憐的聲音傳進耳裡。

「神父大人，我該……我該如何是好啊……！」

是教堂的方向傳來的。吉兒發現窗戶開著，便悄悄地探頭往裡面看。

裡面是禮拜堂。祭壇前有個穿著神父服的男性，蘇菲亞垂著頭站在他面前。

「我有不好的預感。躺在床上的明明是哈迪斯陛下，但不知為何卻說他可能不是皇帝……父親大人究竟在想什麼呢？他要我什麼都不必擔心，不過真的沒問題嗎？」

「貝魯侯爵是為了您著想，就相信他吧？」

神父沉穩地回答道。蘇菲亞咬著嘴唇點了點頭。

「……即便我是他在沒有愛之下，與政治婚姻的前妻生下的女兒也是嗎……」

「您是哈迪斯陛下的未婚妻候補，他不可能不重視。」

「說得……也是。只要哈迪斯陛下還看重我的時候……不過，哈迪斯陛下昨天去見從克雷托斯帶回來的女孩了。」

吉兒聽了心裡一驚，但神父否定了。

「怎麼可能，哈迪斯陛下正臥床休養不是嗎？」

「但我不得不那樣想！他直到昨天都擔心地不斷問著：『我的紫水晶在哪？』……幾、幾乎要讓我對自己的任性感到可恥。然而他昨天忽然改口說：『太過接近很危險，會嚴重心悸，我要在城堡裡休養。』……」

「那是因為……他冷靜下來了吧？」

「並不是！請不要小看戀愛中的少女！哈迪斯陛下正在陷入戀愛之中！」

（不，那是不可能的。）

然而吉兒的內心話無法傳達給蘇菲亞。

「接著今天早上，他從頭到尾仔細地研讀製作點心的食譜……！」

這原因應該就是吉兒了。

「他找我討論女性會喜歡的裝飾或是口味！那個預設對象絕對是年紀還小的女孩子……而他找我討論這件事……有、有比這更令人難堪的懲罰了嗎……？」

「妳、妳冷靜點……對了，說不定他想送禮物給蘇菲亞小姐啊。」

「是、是有……可能……但是，哈迪斯陛下……若、若不是十四歲以下……！」

蘇菲亞終於趴倒在地大哭了起來。

「當、當我問他是否能重新考慮我們的婚約時，他明確地說我已經超過十四歲所以不行……如、如果是其他原因，我還能做些努力，但是年紀……為什麼要未滿十四歲的對象呢？難道十六歲有錯嗎？而、而且父親大人知道這件事後，還準備設宴邀請未滿十四歲的女孩……！」

吉兒感到頭痛地聽著蘇菲亞的悲嘆，然而她不能一直待在這裡聽蘇菲亞的抱怨。

雖然感到抱歉，她還是悄悄地沿著窗戶底下的牆壁離開了。

（因為年紀被拒絕，確實難以接受啊。一定會想知道為何堅持找未滿十四歲的對象。）

但實際上，究竟是為什麼呢？把戀童癖排除，她一邊思考為何是十四歲一邊向前走。

在克雷托斯王國的傳說當中，十四歲是天界原為少女的女神覺醒權能的年紀。也因此克雷托斯王國出生的少女，在十四歲生日時會製作特別的花冠慶生——想起這些，又喚起了不好的回憶。

那是促成她那晚從城牆上一躍而下的契機。

（因為菲莉絲王女的十四歲生日而趕回王都……算了，別想這件事了。）

真正的原因得聽他本人說才行，只是要開口詢問也讓人感到害怕。

「不，還是得儘早向他問清楚才行……否則當我十四歲時會怎麼樣也是個問題——」

「喂！還沒打暗號嗎？」

「要等門關上，就快了，安靜點！」

繞到教堂正面的吉兒聽到對話的聲音，迅速躲進一旁的草叢裡。從教堂前走過的幾個男人，正快步往某個地方去。

（真奇怪……這裡的軍人大多是貴族子弟，他們好像……）

教養的好壞會從舉止間流露出來。這些人走路方式很粗俗，說話似乎也帶著口音，宛如來自深山地區的人。

不過他們身上穿的服裝，毫無疑問是北方師團的軍服。

「目標確定在裡面吧？」

那人指向教堂的門，吉兒眨了眨眼。

「嗯，現在神父正拖住她。也知道另一個人軟禁在哪個房間。」

「留在基地內的是北方師團的人。」

「頂多只有十人左右，幾乎派不上用場啊。」

吉兒不禁啞然失聲。

（等……等等，北方師團也太沒用了吧！他們有那麼弱嗎？……難道這是重整的契機……）

不，問題是現在。正當她思考著現在狀況是否不妙的同時，有人大喊：「門關上了！」接著教堂的門就被踢破，裡面傳出驚叫聲。

「你、你們要做什麼……！」

是蘇菲亞的聲音。「果然是這樣」如此心想的吉兒苦惱著，但隨即下了決定。

（我的使命是蒐集情報！）

「請問，我剛剛聽到驚叫聲……發生了什麼事？」

吉兒闖進去，被抓住手腕的蘇菲亞含著淚轉過頭來。隨著「這小鬼是誰？」的聲音響起，轉眼間，吉兒也遭到壓制。

當哈迪斯打算將正在讀的書換成麵包食譜時，粗暴的敲門聲響起，雙開的門被打開了。即使這裡是由領主管轄的城市，但仍是皇帝休息的房間。因此他冷冷地看向門口。

「有人准許你進來了嗎？」

「恕我無禮。然而現在不是顧慮禮節的時候，陛下。軍港遭到占據了！」

帶著幾名護衛進入房間的是貝魯侯爵。從他雙手交叉在後方、雙腳腳跟併攏的站姿看來，他還保有前軍屬的習慣。

「我收到報告，這是你從克雷托斯帶回來的那個孩子所下的指示。軍港的門被關上，完全遭占據了。而且襲擊的人還將侯爵家的女兒——也就是我女兒蘇菲亞抓去當人質。」

以描述女兒遇到危險的口氣而言，未免過於平淡。哈迪斯只抬起眼問道：

「守護軍港的北方師團在做什麼？」

「那些廢物根本派不上用場。再這樣下去，軍港遲早會落入敵人手中。侯爵家的私人軍隊正在趕過去，這畢竟關係到我女兒的性命。您應該不會有意見吧？」

「你打算如何處置我妻子？」

貝魯侯爵稍稍揚起眉毛。

「妻子？她可是間諜。請您張大眼睛看清真相，並藉這次機會讓沒用的北方師團從這座城市離開。原本會讓北方師團常駐於此，是因為小女和陛下之間的關係，才同意維持這樣的狀態。這可是陛下的失誤。」

雖然不明顯，但貝魯侯爵的嘴角上揚了。

（那就是他的目的啊，真是愚蠢的行為。）

貝魯侯爵相當高傲，在離開軍屬職位後，明明擁有精銳且自傲的私人軍隊，平日卻由北方師團常駐在此。與哈迪斯關係親近的不是他看中的繼室的女兒，而是前妻的女兒蘇菲亞。這些事無法如他所願進行，可能讓他的自尊有所損傷吧。

哈迪斯合起膝上的書。

「我知道了，占領軍港的賊就交給你處理吧！」

「我一開始便希望您能同意這麼做。」

「但是，若我的妻子是無辜的，我會要你付出相對的代價。」

貝魯侯爵發出輕蔑的笑聲。

「那是不可能的。倒是陛下應該要擔心自己才對。假如侯爵家的女兒因陛下的失誤而死亡，會成為政治上的問題呢！」

看來他把無法成為皇后的前妻之女，拿來當批判皇帝的棋子使用。

哈迪斯啞然地目送侯爵踩著勝利步伐走出房間的身影。

「看到那種人，就讓我感到執行恐怖政治的合理性呢。」

「我是不反對啦，但小姑娘應該討厭那種方式吧？畢竟她把襲擊船隻的人全都擊落海中，沒有殺死他們。」

聽見從他體內出來的拉維的忠告，哈迪斯才猛然驚覺。

「原來如此……這就是有婦之夫的難處嗎？居然不能執行恐怖政治……！」

「現在這狀況要怎麼辦？不去幫小姑娘嗎？」

「我當然很想去幫她，但她已經說交給她了……再說，我不要靠近她比較好，不然心臟會不舒服。」

他一臉認真地如此說道，卻換來拉維的冷眼。

「你這麼說是認真的吧，看來……是我教養的方式錯了……」

「才沒那回事，祢把我教養得很成功。」

「那我問你，老實說你對小姑娘是怎麼想的？覺得她可愛還是帥氣之類的？」

「怎麼想啊……我認為她可能意外地是個危險人物。」

拉維露出奇怪的表情，讓哈迪斯認為他說得不夠清楚，便一股腦兒地補充道：

「因為她總是在腦中揮之不去耶！無論我做什麼都會在意她，連心臟都變得很奇怪。她是我的新娘，當然想跟她說話，也想待在她身邊。但光是那麼想胸口就會不舒服。因為她魔力很強，我可能受到某些影響而產生新的病症也說不定。若因此倒下又會帶給她麻煩……」

「嗯，應該是生病了吧……」

「我果然生病了。不趕快治好，就無法為她做蛋糕。很高興她吃得那麼津津有味，真是太可愛了。」

「神真是無能為力。」

哈迪斯對看透一切的拉維感到不可思議，接著說道：

「不過她絕對得平安無事。拉維，能代我去看看她的狀況嗎？她戰鬥能力那麼強，我不認為那麼容易被制伏，但如果需要立刻行動我就馬上趕去。」

「就這樣？還有其他的嗎？」

「沒有其他事了。我若輕易出面，貝魯侯爵可能會因為想立下功績而鬧出人命。而且，這件事對我來說沒問題。他執行的是在我預測的幾個作戰方式中最簡單的，看來他太小看我了。」

哈迪斯將正在看的書「啪」地合上。

「這事件無論是誰在背後主導，貝魯侯爵本身也是個用完就扔的棋子。原本想再讓他逍遙一陣子，現在只能拿他殺雞儆猴了。北方師團現在已經讓貝魯侯爵抽換了不少重要人員，正是動手改造的時機。這是將沒用的東西收拾掉的好機會，這裡最後將會成為皇帝的直轄地，只是這樣一場鬧劇。軍港都市的重建方案也都規劃好了。」

這比思考為妻子做哪種蛋糕簡單多了。接下來是麵包，哈迪斯將手伸向桌上的書堆。

「若有堪用的人或許能多少留下幾個，沒有這樣的人就算了。」

「……你打算怎麼處理蘇菲亞姑娘？」

「要幫她也行，但她父親貝魯侯爵會死，侯爵家也可能就此滅絕。倘若如此，往後她也無處可去，人生只剩下不幸。我會盡可能幫忙……不過考慮到往後，在這裡死去可能還比較幸福。」

「不如納她為側室吧？所幸你找到接受我祝福的新娘，女神已經無法進入拉維帝國。沒有必要對十四歲以上的女孩保持警戒了吧？」

「女神並非完全沒有進入這裡的方法。難道要把蘇菲亞放在身邊，試著看看她是否有可能被女神殺死或受到操縱嗎？這樣不就不只她的父親，連我都要利用她之後將其拋棄了嗎？」

對那位多少關心著自己的女性，那樣未免太無情了。

拉維對哈迪斯沒有言明的內心想法感到認同，並輕聲回應表示同意。

吉兒與蘇菲亞被鐵製手銬銬住，並扔進教堂旁的倉庫裡。

「給我乖乖待在這裡！真是——喂！找到那個孩子了嗎？」

「還沒，看守的人也不知道她在哪裡。」

「我、我可是貝魯侯爵的女兒，你、你們知道嗎……」

蘇菲亞的聲音和身體都在發抖，身穿北方師團軍服的士兵嘲笑地回答：

「當然知道啊！太晚向妳說明了，蘇菲亞大小姐，妳是人質，在需要妳出場前請安分地待在這裡。」

「人、人質……你、你們到底有什麼目的……」

「我們是從克雷托斯來的，受到某個少女指示。」

瀏海被抓著抬起頭的蘇菲亞，痛苦地皺起臉。

「難、難道……是哈迪斯陛下帶回來的那個孩子嗎……？」

「對，叫什麼名字……吉兒，對，吉兒小姐。我們的拉維皇帝被一個孩子給騙了，再蠢也要有個限度嘛！」

「請、請不要侮辱哈迪斯陛下！」

剛剛還在發抖的蘇菲亞突然大聲地說道。

「一、一定有什麼……對，一定有我想像不到的深謀遠慮！再說有錯的人是欺騙的那方，被騙的哈迪斯陛下並沒有錯！是那個女孩，對，那是近年極度少有生性邪惡的女人……！」

士兵嗤之以鼻地將蘇菲亞粗暴地丟下，轉身離去。吉兒用全身力氣從背後接住她，蘇菲亞眨著淚眼說：

「謝、謝謝……」

「不會。」

「真是、真是對不起，讓年紀那麼小的男孩因為我被抓……只、只因為我不是未滿十四歲的對象，害哈迪斯陛下被那個壞女孩給欺騙……！」

蘇菲亞抽抽搭搭地啜泣起來，但以面對這種狀況而言，她算是很冷靜了。

（她還挺有膽識的，沒有發脾氣大聲怒吼已經幫了大忙。）

吉兒環視只有她與蘇菲亞兩人的倉庫。

倉庫裡幾乎沒有東西，空蕩蕩的。靠近天花板的高處有一個小孩勉強能通過的小窗，出入口似乎只有剛剛那個男人出去的鐵門。倉庫裡的光線只有從窗戶照進來的陽光，雖然是白天但意外地昏暗。

吉兒獨自逃離是很簡單的事，但要帶著蘇菲亞一起逃，便需要人手。另外還需要知道敵人的人數和情報。

（雖然知道敵人打算把我塑造成間諜……倘若無法確認敵人的計畫，就無法出招反制。）

不巧因為吉兒從軟禁她的房間逃脫，所以沒有與蘇菲亞一起被抓，現場因此陷入混亂了吧。蘇菲亞與剛才的男人們都認為吉兒是個小男孩，所以可以晚一點再表明身分。

得趁現在與蘇菲亞共享情報才行。

「蘇菲亞小姐，您今天為什麼會來這裡？」

「咦……父、父親大人……建議我來做禮拜，找神父大人商量哈迪斯陛下的事情……還幫我準備了馬車……」

「這麼說來，您的護衛都去哪了？您可是侯爵家千金，就算只是做禮拜，他們應該會隨侍到教堂吧？」

「……大家可能都被抓了……你、你還真冷靜，不害怕嗎？」

不知何時已經停止哭泣的蘇菲亞，直直地盯著吉兒。這才發現自己的態度多麼不像個孩子，畢竟這種狀況很難不慌亂才對。

「對……只是因為我習慣慘烈的狀況了……」

「這樣啊……我真沒用啊，居然那麼驚慌失措。」

「並沒那回事喔，我認為您非常鎮定。」

「不必安慰我。若只有我一個人一定會哭個不停吧……不過沒問題的，父親大人和哈迪斯陛下一定會來救我們……」

「……請容我冒昧詢問，為何您會那麼相信皇帝陛下呢？那個……我聽說您是他的未婚妻候補……」

蘇菲亞眨了眨眼後，臉上浮現苦笑。

「……因為我啊，喜歡龍。」

「龍。」吉兒跟著複誦。龍只會誕生在受到守護天空的龍神所庇佑的拉維帝國。吉兒也只有在戰場上才見過龍。

（……難道現在我也能見到龍，甚至能乘坐在龍身上嗎？）

在吉兒的思路開始分散時，蘇菲亞指向遠方。

「從這裡再往東北方去，有貝魯侯爵家的別墅……那裡有龍聚集的地方喔！我的母親早逝，我是在那裡長大的。在別墅裡無處可去的我，經常會躲去龍休息的地方。壞心眼的家庭教師不會特別去那裡，我就不用被嘲笑是父親拋棄的女兒，或是被瞧不起了……」

克雷托斯王國裡沒有龍，所以吉兒並不清楚龍的生態，難道不危險嗎？她的疑惑可能表現在臉上，蘇菲亞有點頑皮地笑了。

「我知道龍是危險的生物，也知道牠們是龍神拉維大人的使者。不過牠們會跟當時還小的我說話喔！」

「龍會說話嗎？」

「我並不懂牠們的語言。只是能夠感受到打招呼、警告危險等等這些細小的事情……不過我感覺牠們願意聽我說話，就很高興，也因為每天跟龍說話，就出現傳言說我是能與龍對話、腦袋有問題的女人……」

蘇菲亞的眼神忽然暗淡下來。

「我被大家完全孤立，也認為自己往後無法嫁人了……不過！聽到我的傳聞後，剛成為皇帝的哈迪斯陛下卻說堅持要見我一面。」

蘇菲亞看起來興高采烈地說道，自己從那天起的待遇有巨大的翻轉。

為了安排蘇菲亞晉見哈迪斯，她被召去貝魯侯爵的本邸做準備。從小為了成為淑女努力學習的禮儀姿態，終於派上用場。雖然身為繼室的後母與同父異母的妹妹對她的態度仍然很冷淡，但蘇菲亞認為若能為侯爵家做出貢獻，或許她們的關係也會有所改善——

「我那時很努力希望能侍奉哈迪斯陛下。但當時，哈迪斯陛下將所有人屏退後，只問了我：

『妳有在我肩膀上看見什麼嗎？』」

——哈迪斯一定是期待蘇菲亞能看見拉維吧。

「我什麼也沒看見，只知道那個我看不見的某個生物，非常擔心哈迪斯陛下而已。所以我誠實地回答了，然而那不是正確答案吧。在回家後向父親大人說了這些事，被罵了一頓，他罵我為什麼不說自己看得見。」

「……要是那麼說，不就是對皇帝陛下說謊嗎？」

「沒錯，不過根據父親大人所說，那是哈迪斯陛下見到所有未婚妻候補的女性時一定會問的問題，他罵我沒有回答看得見是不對的……要我把準備晉見的費用以及養育我的費用都還給他。還說只要我去當高級娼妓就能賺到錢了。」

吉兒這時在心中將貝魯侯爵歸類為該被五馬分屍的男人。

看著沒有露出受傷的表情，反而只是苦笑的蘇菲亞，真是令人心痛。

「但當時的狀況被正巧經過的哈迪斯陛下看見……他說想讓我當他的茶友，為我解了圍。」

哈迪斯並沒有選任何人當未婚妻。這表示即便只是身為茶友，蘇菲亞的地位在眾多女性當中也已經領先一步。因此貝魯侯爵也無法忽視蘇菲亞，安排她住在帝都的貝魯侯爵家的宅邸中。

「陛下雖然非常忙碌，但為了不讓我的待遇變差，每個月一定會安排一次和我一起喝茶，而且還會準備非常美味的蛋糕或餅乾。」

難道是他親手做的嗎？但話到了嘴邊，還是不想打斷話題而忍住了。

「不過，他說他無法締結婚約，我若當他的未婚妻會很危險。」

「危險……是指您會被其他未婚妻候補找麻煩嗎？」

蘇菲亞來回搖著頭。

「是詛咒……你知道被立下的皇太子陸續死亡的事嗎？」

「我有聽說這件事。」

「沒錯。我一直待在偏遠的郊區，對陛下的詛咒並不清楚……當我第一次聽到時，感到非常害怕。不過陛下看起來總是很孤單的樣子，連親手足都迴避他，然而他總是說那是沒辦法的事……明明很溫柔的……」

「所以您才願意一直當他的茶友……蘇菲亞小姐真勇敢呢！」

這樣的女孩願意一個人面對被詛咒的皇帝，是該稱為勇氣吧！蘇菲亞眼睛睜得圓圓的，接著視線落在倉庫有些骯髒的地板上。

「我覺得並非如此。我若不是陛下的茶友，就什麼也不是。只是不希望變成那樣而已……」

原以為她什麼也不懂，沒想到她將自己的立場看得很清楚。

「陛下在完全了解我別有用心的情況下仍持續為我舉辦茶會。陛下明知道我如果離奇死亡，大家必會將錯歸咎於他，相比之下，陛下的行為更需要勇氣才是。」

「……說得沒錯。」

「所以我希望自己能幫上陛下的忙。在陛下前往克雷托斯王國前，我豁出去向他告白，請他娶我為妻。結果……他說想對我誠實以待，所以告訴我……要、要未滿十四歲的對象，才能成為他的妻子。」

這段話只會把前面說的美好片段給毀了，吉兒忍不住將眼神別開。

「原、原本以為他一定是不想傷害我，才說這種玩笑話，沒想到他真的從克雷托斯帶了個小女孩回來……而且這次騷動的起因就是那個孩子，我該怎麼做，才能保護陛下不再遭受更多惡評……？」

「請、請冷靜下來，我們得先想想現在該怎麼辦。」

「說、說得對……你說得沒錯，對不起，我亂了陣腳……」

蘇菲亞擦去眼角的淚水，抿起嘴唇。吉兒看著她的模樣苦笑著。

她是個好孩子，如果可以，真希望可以幫助她。

不過，她父親貝魯侯爵是個惡人。

（而且神父也是一夥的……要將女兒當作棄子嗎？）

即便能與蘇菲亞兩人逃出去，也可能在逃脫過程被當成綁架或殺害蘇菲亞的犯人。若要證實吉兒的無辜，只能製造讓貝魯侯爵的陰謀攤在陽光下的情勢。要在眾目睽睽之下，讓他無法找到藉口脫罪。

（我若借助陛下的力量，必會無端遭受懷疑……靠我自己能做到什麼程度呢？）

現在的優勢是，作為背叛者導火線角色的吉兒尚未抓到。這點還有勝算。

不過，假若要同時保護蘇菲亞——希望至少能多一點人手。

「給我進去！居然費了我們一番工夫……！」

「不要用你的髒手碰我，會弄髒——呀！」

「哼，笑死人了，區區兩個人就讓你們大費周章，是你們太無能了。」

鐵製的大門打開，第一人伴隨哀號聲被踢進倉庫中，第二人則在挨揍後一屁股摔到地上。還有第三個人，像是物品般被隨手扔進來，滾到吉兒的腳邊，他的手上不知為何拿著吉兒從房間逃脫前穿著的上衣，吉兒因此瞪大了雙眼。

（是看守房間的士兵！糟糕，假如我的臉被看到……！）

看守的士兵是暈過去的。她鬆了口氣。

「給我安分點！」

丟下這句話後，鐵製大門關上了。最先被丟進倉庫的兩人遲鈍地撐起上半身。

「我們完全被當主要犯人對待，都是你的錯啦，笨蛋！」

「才不是我的錯呢，還不是因為你太亂來才遭到利用！」

「……齊克、卡米拉？」

那是在六年後聽說已經死去的部下的名字。

聽到吉兒茫然的輕喚聲，兩人回過頭。

「這個孩子是誰？卡米羅你認識嗎？」

「閉嘴，別用本名叫我，你找死啊！啊，真是的，對不起唷！不要怕，我是溫柔的卡米拉姊姊！這個人叫齊克。不過……嗯，我不認識這孩子呢。對不起，你在哪裡見過我……天啊，怎麼了，你在哭嗎？」

卡米拉擔心地探頭看著將手蓋在臉上的吉兒。他比記憶中年輕，但右邊眼角的哭痣位置是一樣的。

「真是的～齊克，都是你的錯啦。一定是你的長相太可怕嚇到她了。後面那位小姐的臉色也變得很蒼白，你快想想辦法啦！」

「關我什麼事，我天生就長這樣。」

齊克的語氣聽起來很火爆，但又感到有些尷尬地將眼光移開。他似乎比記憶中稍微矮一點，不過在眉間令人感到難以接近的皺紋，並沒有變。

「哈啊」吉兒發出了一個接近笑的嘆息。

（是啊，我……還沒被奪走任何事物。）

現在才正要開始——自從回到六年前之後，她第一次打從心底那麼想。

第三章 奪回貝魯堡軍港之戰

「好了，別哭別哭。這個大哥哥雖然看起來凶狠、臭屁又粗魯，但他只是個性傲嬌又無法思考太難的事，拿來當替死鬼很方便喔！」

「喂！小心我砍了你，這不男不女的！」

「我會把你射成蜂窩，乖乖坐好！」

「喔？你的手綁著，要怎麼射？」

「你還不是一樣，這個戰鬥狂！」

兩人與六年後一樣開始吵架，讓吉兒傻住了。現在不是品嘗喜悅的時候，她抬起頭。

這兩人現在不是她的部下，無法命令他們。但是蘇菲亞因為害怕，從剛剛開始就渾身僵硬。

「請你們不要再吵了，蘇菲亞小姐被嚇到了。」

「哼，那又如何，小鬼就閉上嘴——」

吉兒迅速站起身，扯斷扣在自己雙手的鐵手銬。

現場只剩下一片寂靜。

「我們先互相交換情報吧。」

「喂，等等，你一臉若無其事的樣子做了什麼？那不是變魔術吧？」

「……你有魔力吧？這麼說，你是從克雷托斯王國來的？」

面對冷靜的卡米拉，吉兒誠實地點了點頭。

拉維帝國擁有魔力的人並不多，反過來說，擁有魔力的人大多出身於克雷托斯王國。

「喂……這麼說，你就是那個小鬼？」

「你們是在北方師團工作的士兵沒錯吧？」

吉兒看著齊克、卡米拉，以及還沒醒過來的士兵身上的制服，向他們確認。

「是啊，我們不是假扮的，是真的士兵。這場騷動讓北方師團也很不妙……我問你，知道現在是什麼狀況嗎？」

「敵人假扮成北方師團士兵，潛入並占領了軍港，將貝魯侯爵家的蘇菲亞小姐挾持為人質，這是我知道的狀況。蘇菲亞小姐，沒有錯吧？」

「是、是的。啊，我叫做蘇菲亞．德．貝魯……」

蘇菲亞稍微低下頭回應吉兒的確認。卡米拉看著吉兒笑了出來：

「年紀小小的卻很能幹啊。不過討厭我們北方師團的貝魯侯爵，他的千金小姐在北方師團駐守的軍港被捲入敵襲成為人質啊。真是傷腦筋，這下沒解了。」

「怎、怎麼會沒解，這件事是克雷托斯來的女孩策劃的……」

「這點就很可疑了吧？想想看，那些人要抓的就是領導他們的小鬼耶。如果相信那些看守說的話，事情就會是這樣。」

「這、這是怎麼回事啊？」

「唔……」

在蘇菲亞的疑問獲得解答前，一直倒在地上的看守士兵動了起來，看來是醒過來了。

「這裡……是……啊，那女孩在哪裡？為什麼只剩下這件上衣？」

「哎呀，你醒得真是時候。看守，記得我們嗎？」

「啊……記得，你們聽到了騷動過來幫忙……」

為了不讓看守看到臉，吉兒悄悄地移動到蘇菲亞身旁。

「請問……所以這是怎麼回事呢？把我們關在這裡的賊人們，要找領導他們的女孩……？」

「由發生的事會產生的結果來想就簡單多了。襲擊者首先假扮成北方師團的人潛入，接著挾持貝魯侯爵的千金小姐為人質，守在軍港中。這麼一來，貝魯侯爵家的私人軍隊一定會出動吧。到這裡為止，大小姐和戰鬥狂都能理解吧？」

「妳難道有不多說一句就沒辦法好好說明的病嗎？」

「然後，假若貝魯侯爵的私人軍隊成功討伐賊人呢？北方師團就會被判定沒有價值，進而從貝魯堡撤走。再加上這件事若是由皇帝陛下帶回來的孩子指示所引起的，連同北方師團的失誤，就會成為陛下極大的過錯。**如果運氣好**，依侯爵千金死去的日子而定，可能會有好一陣子是貝魯侯爵的天下了。」

蘇菲亞的臉上瞬間失去了血色。齊克嗤之以鼻的笑道：

「女兒高貴的犧牲嗎？真像貴族大人才會想出的事……真是噁心透了。」

「我有同感。不過若按照侯爵偉大的計畫執行倒還好。問題不在那裡，我們聽到看守驚叫後趕過去時，那女孩並不在軟禁的房間裡，敵人也驚慌失措，好像還問了看守她的去向，對吧？」

「沒、沒錯。敵人問了我很多次女孩去哪裡了……但我完全沒頭緒，因為發現時已經是這個樣子了。」

看守的士兵將吉兒的上衣攤開並歪著頭。卡米拉聳了聳肩。

「也就是說，女孩主導的事是敵人的謊言吧，可是謊稱是女孩主導，賊人也得不到好處，這表示他們背後另有人下指示。那麼對這些賊人下指示的到底是誰？這樣的場面，最後獲得利益的人是……？」

「父親大人……」

蘇菲亞驚愕地喃喃說道。齊克一邊說：「妳的措辭。」一邊用鞋尖輕輕踢了卡米拉，但卡米拉只是意味深長地笑著。看守的士兵眨了好幾次眼確認道：

「那麼，我們北方師團也是被利用了嗎？」

「今天警備的人力特別薄弱，表示貴族的少爺們都被收買了吧。留下的人都是沒有靠山的平民，由內部看來，明顯非常鬆散。」

「現在只是因為找不到那個女孩而混亂，他們可能會像我們一樣只是被抓起來，但遲早還是會遇害吧。畢竟沒有理由讓我們活下去啊～」

齊克和卡米拉說的話，讓看守的士兵聽了垂頭喪氣。齊克重重坐到地上大聲地說：

「看來只能趁貝魯侯爵的軍隊過來時，混入其中逃亡到國外了。」

「不、不如把事情告訴皇帝陛下吧？」

「沒用的。看守，抽到這種爛籤表示你跟我們一樣都是平民吧？誰會聽我們說的話，聽了只會加入成為北方師團的屍體而已。」

「我……我會聽。」

蘇菲亞的發言，讓齊克和卡米拉靜靜地將目光轉向她。那是對貴族那種特權階級才會有的懷疑眼神。連人看起來很好的看守士兵，都露出了不安的表情。

「大小姐，如果妳是希望我們救妳，那是不可能的。這種狀況下，我們連自己存活都要竭盡全力了。」

「我、我不是那個意思。各位，請找地方躲起來，若、若國內不行，到國外也可以。我……因為我是皇帝陛下的茶友。」

蘇菲亞對眼睛瞪得圓滾滾的三人斷斷續續地說明著：

「我應該不會那麼容易被殺掉，假如找不到間諜女孩就更不可能殺我，因為會需要我這個受害者的證詞吧？我會想辦法向皇帝陛下傳達真相。陛下不是那種會放任這種事不管的人。」

「不過啊，北方師團無法逃過究責，有可能會像蜥蜴斷尾一樣被犧牲。」

「可是，他是位好好溝通就能理解的人，只是沒有人願意跟他說話罷了。讓我向他說明，使他明白各位一點錯也沒有，所以各位逃跑時請把我留下來。」

無論是誰看了蘇菲亞的表情，都知道那是逞強的微笑。

齊克和卡米拉驚訝地屏息，看守士兵的雙眼也睜得大大的。

蘇菲亞說自己會成為累贅，要大家丟下她。

（……啊啊，難道齊克和卡米拉捨棄拉維帝國就是因為她嗎？）

在六年後的那個世界裡，蘇菲亞已經死了。事件的樣貌多少有點不同，但為了讓北方師團失敗，貝魯侯爵應該策劃了某個事件，讓齊克和卡米拉因此牽連其中。他們倆都很聰明，對貝魯侯爵的荒謬言論一定會起疑。無論事情經過如何，蘇菲亞都說了和現在相同的話，讓他們逃走。

然而，她所說的話並未被父親接受。更甚者，是否還可能讓她背負四處殺害皇帝陛下的未婚妻候補的罪名，最後設計她自殺呢？若他自己殺了女兒，又聲稱女兒是無辜的，厚顏無恥地要求皇帝負責，那麼就能理解哈迪斯為何會採取斷絕貝魯侯爵家血脈的殘酷制裁。

在那之後，齊克和卡米拉便成為克雷托斯王國的傭兵，與吉兒相遇。那就表示，他們最後沒有回到拉維帝國。他們都不太談自己到克雷托斯王國的經過，倘若這就是原因，那勢必不會談起了。

為了讓他們平安逃離而獨自留下的少女被冠上汙名而死，自己卻束手無策。這件事只會令他們感到自己的無能而不願提起。

雖然只是想像，不過應該大致沒錯。

「不必那麼做，有方法可以讓所有人獲救。」

所有人看向吉兒，而吉兒向看守的士兵問道：

「你記得你看守的女孩的長相嗎？」

「記得。啊——我知道了，要找到那孩子問出證詞嗎？」

「倒是不必找。」

她將戴在頭上的帽子脫下，拿下別在頭髮上的髮夾甩了甩頭，讓頭髮散落下來。接著拿回看守士兵手上的上衣，將手穿過袖子。

呆呆看著這一切的看守士兵和蘇菲亞同時叫出聲。

「啊——！我、我還在猜妳逃去哪了！」

「妳、妳是、妳是那時候，哈迪斯陛下帶回來的女孩……！」

「果然啊，我就覺得妳是女孩子。」

「就是說啊，不可能有那麼多從克雷托斯來的小鬼才對。」

齊克和卡米拉比起吃驚，反倒是解開謎底的表情。

吉兒往周圍看了一圈。

「我叫做吉兒·薩威爾。如各位所知，我就是被當成間諜的那個孩子。也就是說，我和各位一樣，都是遭陷害的一方。不過敵人還沒有發現我的身分。」

吉兒轉身看向坐著的齊克他們，視線高度勉強可以俯視。

「這是獲勝的機會，計策要簡單明快。救出其他被囚禁的士兵、保護蘇菲亞小姐，並且將軍港從賊人手中奪回來。」

「……救出受害者的蘇菲亞大小姐、奪回軍港，就能破除妳是間諜的懷疑了呢。」

「不只是這樣。在貝魯侯爵的私人軍隊抵達之前，保護好蘇菲亞小姐並奪回軍港，應該也能洗清北方師團的汙名。那樣的狀況下，任何人想要懷疑我是間諜都會是個問題。所以只要那麼做，貝魯侯爵也無法輕易抹消整件事——因此，蘇菲亞小姐，妳會是重要關鍵。」

說道：

「什、什麼？」

蘇菲亞震驚得提高了音量。吉兒在蘇菲亞面前單膝跪下，用大大的眼睛堅定地盯著她，向她

「無論是什麼原因，只要妳死亡，貝魯侯爵必定會緊咬這件事不放，所以我會保護妳。」

「妳、妳要保護我嗎……？」

「是的。但是妳必須告發妳的父親。」

蘇菲亞的臉色瞬間變得蒼白。

「我做得到嗎？若我做不到，妳也遲早會被處死。」

假如無法告發，救出蘇菲亞就沒有意義，得讓她下定決心才行。

蘇菲亞並沒有心慌意亂，反倒以下了悲壯決心的表情開口：

「有一件事……能向妳確認嗎？」

「如果我能回答，請說。」

「為、為什麼妳要幫助我？我可是妳的情敵啊！」

「我現在並沒有打算與陛下談戀愛，所以並不是妳的情敵。」

「咦？」

蘇菲亞困惑地呆住了。

要是不清除這個疙瘩，之後會變得很麻煩，於是吉兒仔細地說明。

「我們因為一些原因訂下婚約……雖然也像已經結婚了，但事情一碼歸一碼。我們只是形式

上的夫妻，彼此沒有戀愛的情感，不如說皇帝陛下若對我——這個十歲的孩子有戀愛情感才是個問題吧？」

「那、那麼哈迪斯陛下……是因為某些隱情才和妳……」

就先當作是這樣好了，吉兒沒有明確回答，含胡地帶過。卡米拉笑了出來。

「只、只是形式上的夫妻，現在的小孩子說的話真不得了呀！」

「喂！那麼即使妳直接向皇帝陛下稟報，他還是可能不相信妳啊！」

「就、就是啊，妳還是有可能背叛哈迪斯陛下……」

「即使只是形式上，我們有各自選擇對方結為夫妻的理由，皇帝陛下應該不會放棄我。」

為了消除詛咒，哈迪斯需要吉兒，吉兒則需要哈迪斯來躲避與傑拉爾德的婚約。

「而且，我答應過會讓他幸福。」

「……讓哈迪斯陛下嗎？」

「是。所以我跟妳一樣，是站在陛下這邊的人。妳能夠相信我嗎？」

蘇菲亞的表情彷彿在忍耐痛苦般沉默，但沒有時間讓她猶豫下去。

不過，吉兒等待著。齊克、卡米拉與看守士兵也都沒有催促她。

要告發父親。即便那是正確的舉動，心裡會有糾葛是正常的，這種狀況下毫不猶豫的人反而不能信任。然而，也不能拯救無法下定這種決心的人。

而蘇菲亞並沒有從沉重的抉擇中逃避。

「我相信妳，吉兒小姐。我會告發……父親大人。」

既然如此，吉兒便想成為能夠回應做出這個重大抉擇的人。

「明白了。我會全力以赴保護您——向您的勇氣致敬。」

她將手放在胸前，行了騎士之禮。蘇菲亞不禁臉紅地眨了好幾下眼。

「我、我沒有用武之地，一切拜託妳了。」

「喂，她真的只是十歲的小鬼？而且不是男孩是個女孩？」

「跟性別或年齡沒有關係啦，那種手腕是天生的。」

「那麼我們開始行動吧，已經沒有時間了。若沒有在貝魯侯爵的私人軍隊抵達前解決，功勞很可能會被搶走。」

她無視背後傳來的竊竊私語，依序徒手扯開蘇菲亞、齊克與卡米拉的手銬。

齊克看著重獲自由的雙手，佩服地說道：

「就連小鬼都能這麼輕易地將鐵製品扯斷啊！我只聽說過魔力的厲害，看來不能小看呢！」

「才沒那回事，是這孩子比較奇怪吧。」

「對、對皇帝陛下的未婚妻，那種說話方式不太好……」

「話說回來，我還沒有問過你的名字。」

看守的士兵一臉不可思議地看著將手放在鐵鍊上的吉兒，然後膽怯地回答：

「就、就是剛才卡米拉先生叫我的……我叫做米哈利。」

「咦？」

「……這就是所謂弄假成真吧！」

「難、難道妳是在不知道我名字的狀況那樣叫的嗎？為什麼……啊，看守（註：日文發音與米哈利同音）？」

看守——也就是米哈利發出感到丟臉的叫聲，蘇菲亞聽到後微微笑了一下。

站起身的齊克做著伸展體操詢問：

「接下來要怎麼做？就算能在途中搶到武器，憑我們這點戰力，頂多只能發動奇襲逃走。」

「首先要離開這裡，去解救跟我們一樣被抓的北方師團，讓他們也成為戰力。我猜他們應該關在同一個地方或是守在某個地方。」

米哈利將重獲自由的雙手「啪」地垂直伸直。

「我、我聽到其他士兵被關在教堂裡！不過，聽說當中有不少人受傷……」

「這樣無法成為戰力啊，果然還是我們自己逃走比較好？」

「不能捨棄北方師團不救。若因此被記仇，事後說我們是間諜欺騙蘇菲亞小姐就麻煩了。」

與北方師團合作，所有人一起保護蘇菲亞小姐是必須的共識。看到神情冷靜地說出這些話的吉兒，齊克與卡米拉互看對方一眼。

「如果妳有計策，我可以配合。」

「已經上同一艘船了，就讓我們看看妳的本事吧！」

「那麼請米哈利帶路，齊克和卡米拉護衛蘇菲亞小姐。」

「這沒問題，但妳不需要護衛嗎？」

吉兒一愣，接著看了齊克一眼。「哇！」卡米拉露出心疼地表情說道：

「妳這表情完全是沒把自己放在護衛對象中……妳好像很習慣修羅場，難道在克雷托斯，只要擁有魔力，連這麼小的孩子都要從軍嗎？」

「並不是這樣……是我家的教育方針的關係。反正，不必擔心我。」

「妳確實擁有魔力，我也說要看看妳的本事，但畢竟還是個孩子，只要告訴我們計策，由我們來執行就好。妳若不小心被敵人盯上了，反而會礙事。」

齊克不客氣地說道，卡米拉摸著她的頭，米哈利也不斷點頭附和。

正當她想著該怎麼做時，蘇菲亞牽起了她的手。

「我們不要妨礙大家吧。」

「就是呀，這樣我們不但沒有被敵人的假情報騙，還保護了未來的皇后，這些才會成為我們的功績。」

聽了蘇菲亞與卡米拉的話，吉兒重新思考自己的立場。確實，這樣北方師團不但保護了蘇菲亞，甚至還有吉兒，應該要把這個功績給他們。

何況，吉兒毫不懷疑齊克與卡米拉的實力。

（他們的魔力是在我的訓練之後才有成果……只要掩護他們這部分就可以嗎？）

「……那麼恭敬不如從命，交給各位了。」

「哼，一開始那麼說不就好了——首先，要怎麼從這裡脫逃？」

「不過，牆就由我來破壞吧。」

吉兒放開全身僵硬的蘇菲亞的手，伸手觸碰倉庫牆壁。卡米拉緊張起來。

「咦？妳是認真的？真的辦得到嗎？等——」
「沒有時間了，喪氣話等等再說。」
她將帶有魔力的右拳全力往牆上捶去。在一瞬間的寂靜後，倉庫牆壁伴隨巨大聲響崩落了。
「順道一提，我曾被人稱為魔鬼軍曹。」
就是你們叫的——她把差點說出的這句話留在嘴邊。
在敵人的嚎叫與怒吼中，吉兒轉頭向其他看傻的人說道：
「非常期待看到各位的活躍。放心，我會讓自己在不會死的程度掩護各位。」

外面真吵啊，他彷彿事不關己的那麼想著。
（無所謂了，我的人生結束了……只因為皇帝陛下太無能。）
看來是皇帝陛下帶回的孩子引領的賊人入侵軍港，甚至還占據了軍港。侯爵家的千金也成為人質的樣子。這下傳聞中是菁英部隊的貝魯侯爵私人軍隊也會出動了。
不太抱持有人會前來救援的希望。軍港遭占據，加上侯爵家千金若是死了，北方師團就會被追究責任，最先會處死的就是包含他的底層這些人。
北方師團是帝國軍隊。他既沒有學識也沒有一技之長，在靠著年輕與自豪的體力能做的工作當中，這是薪水最好的職業，能多寄點生活費回家才是最重要的。這麼不光榮的死法，大概只是因為自己運氣不好吧。

不，事實上他認為事情很不自然——為什麼被抓起來的，都是平民出身的人？那些平時自認與眾不同的貴族子弟們都去哪了？

但是自己不可能知道事情真相。有這種事也不奇怪。

要是能夠存活下來，大概也只能在暗地裡邊喝酒邊咒罵「被詛咒的臭皇帝陛下」、「這帝國已經不行了」什麼也做不了。

那樣的人生，才適合像自己這種人吧。

當他正在想這些事時，看到教堂的天花板被打開，不禁懷疑自己的眼睛。接著看到從天花板一躍而下的正是那個間諜少女，他驚訝到無法出聲。

「妳從哪裡——？」

在裡面巡視的兩個敵人，其中一個被狠狠扔向牆壁暈了過去。他還傻傻地看著這一切時，後頸突然被抓住把他的身體彎下去，另一個巡視者的劍在他身體上方掠過。在意識到自己被救了的同時，那個巡視者的腹部被踢了一腳，雙膝跪地。

「我來救你了。」

在這樣的狀況下，這句話簡直是滲透至五臟六腑的救贖。

繩子如紙張般「啪」地一聲扯斷，小小的手伸向了他，他坐直終於能自由活動的上半身。

她只是個孩子，但是銳利的眼神在昏暗的教堂中強而有力的貫穿他。

「等一下會有四個人進入教堂，其中一個人就是貝魯侯爵家的蘇菲亞小姐。」

「她……她被救出來了嗎？」

「對。」

「但是，妳不是……那個間諜少女嗎？」

「我叫吉兒．薩威爾。奉皇帝陛下的命令來救你們的。」

一股至今為止最大的躁動在教堂中擴散開來。

「皇帝陛下的命令？怎麼可能？」

「那個被詛咒的皇帝怎麼會救人，而且還是救我們這樣的平民……」

「這次襲擊是貝魯侯爵自導自演。為了打擊北方師團地位，以及摧毀皇帝陛下的勢力所設的陷阱。蘇菲亞小姐在不知情的狀況下成為棋子，而我被冠上間諜的嫌疑。」

「但是——」她的音量雖然不大卻相當響亮，以更堅定的語氣說道：

「這種卑鄙的做法，絕對不能容忍！不，是不能原諒！」

那不是少女的語氣，是一個上位者身為領導者的語氣。

「還能行動的人，在教堂安置好蘇菲亞小姐後去做防護路障！負傷的士兵，你們受的傷是帶著榮譽的，不要引以為恥！各位，不要忘了大家是為帝國和皇帝陛下而戰！我們要奪回軍港——所有人，準備戰鬥！」

大家都挺直了胸膛向她行禮。

這是北方師團第一次展現出對抗敵人意志的一刻。

察覺到魔力的哈迪斯抬起了頭。是軍港的方向。
「哈迪斯！聽我說，哈迪斯，你的妻子太有趣了！」
受他委託去看吉兒狀況的搭檔，穿過廚房牆壁出現在眼前。
祂笑得東倒西歪，一點都沒有龍神的威嚴，正在測量鮮奶油分量的哈迪斯冷眼看向祂。
「不是要祢去保護她嗎？我都在做歡迎她回來的準備了。」
「因為她說不需要我啊！超厲害的，看來她真的不需要我，不但自己逃脫，在我找到她時，還正在跟教堂的敵人交戰。」
聽到意料之外的回答，哈迪斯正在打發鮮奶油的手停了下來。
「什麼？交戰？為什麼她要交戰？」
「她說沒空理我，叫我回到你這裡，完全把龍神當累贅耶！」
拉維嘻嘻笑著，擅自吃了一片已經切下來準備當裝飾的桃子。
「嗯～真好吃。你在做什麼？」
「桃子慕斯。不要再偷吃了，回答我，狀況到底如何？」
「蘇菲亞小姐留在教堂裡受到保護，北方師團倖存的人在你妻子的指揮下正努力反擊敵人，準備將軍港奪回來。超厲害啊！」
「軍港……她是認真的嗎？」
「是認真的，也已經在進行了。」

她擁有那麼強大的魔力可以戰鬥，能自行逃脫是哈迪斯意料之中，不過他並沒有期待她奪回軍港。

「她那場為了皇帝陛下而戰的演說打動了大家。小姑娘讓北方師團相信是你派她去解救他們的。你的身價被小姑娘炒作到暴漲中呢！」

「……她打算拯救所有人嗎？怎麼會這麼無謀……」

哈迪斯雖然感到吃驚，仍一邊動手將慕斯與鮮奶油拌勻一邊思考。

這樣能保住北方師團的面子。原本哈迪斯對自己要如何拯救蘇菲亞感到束手無策，現在也有了一線希望。

「那些襲擊者逃走的可能性呢？城鎮會受波及嗎？」

「因為打鬥都只發生在軍港內，不會波及城鎮。小姑娘到處破壞他們的退路呢！對了對了，停在港口的船隻也都破壞了喔！」

「為了防止貝魯侯爵有藉口脫罪要抓到襲擊者嗎？我的妻子實在太優秀了。」

不只能夠洗刷北方師團的汙名，甚至有機會讓他們建立功績。若能順利，軍港遭占領一事，也能解釋為作戰方針之一，而非北方師團的失誤。

並且，連貝魯侯爵在背後牽線搞鬼的事都可能揭穿。

（我有想過她會帶著蘇菲亞小姐逃出來……但她比我認為的更優秀。）

不過，到底破壞了多少東西？他原本想預估一下損害金額，但途中放棄了。

「重建的費用就從貝魯侯爵家榨取吧，總比斷絕一家血脈好。」

「哦？看來能圓滿落幕嗎？」

「我不知道是否圓滿，不過至少有個結果。」

「真是太好了。」

正將慕斯倒入模型中的哈迪斯，沒聽懂拉維的意思而眨了眨眼。

「這樣處理，無論是蘇菲亞小姐、北方師團還是貝魯侯爵家，可以不必全部捨棄或殺光他們吧？不進行恐怖政治，也許就能成為不會受大家討厭的皇帝陛下了呢！」

哈迪斯吃驚得睜圓了眼睛。不安的心情慢慢跟著湧上心頭。

「……也、也就是說，我能……成為受大家喜歡的皇帝陛下嗎……？」

「不，我是沒那麼說啦！不過她是位好妻子不是嗎？說不定真能帶給你幸福呢！」

「別——別說了啊，拜託。」

心跳聲突然劇烈跳動，他摀住了嘴。

「我、我覺得不太舒服……水……」

「哎呀，你得想辦法克服這個問題……不然會被甩的。」

「祢、祢別說對心臟不好的話，為什麼我會被甩？」

「因為你啊～到現在什麼都還沒做不是嗎？」

哈迪斯停下了動作，水便從傾斜的水瓶中咕嘟咕嘟地倒在圍裙上。

「喂！灑出來了！快拿毛巾，身上淋濕了會感冒的！」

「……不、不對，我做了桃子慕斯啊……這個難道不行嗎？那我現在去殲滅貝魯侯爵的私人軍隊可以嗎？」

「說你什麼都還沒做，不是要你因為私情去殲滅軍隊，那麼做不就回到恐怖政治了……」

「那要做什麼才不會被她討厭啊？我不知道，太難了！」

「啊～如果不知道，至少去實現小姑娘的願望吧！」

「知道了，那我只要把慕斯完成就可以了吧？」

「不對——不，這樣好像沒錯！咦？等等，難道我的等級跟你一樣低……？」

當哈迪斯在正在苦思的龍神旁脫下濕透的圍裙時，廚房的門打開了。

士兵們陸續走進來，他們的制服袖子上繡有貝魯侯爵家的徽章。

他們是貝魯侯爵的私人軍隊。

「抱歉，打擾了，皇帝陛下。我們奉貝魯侯爵之命前來護衛您！」

「護衛？我現在正在忙著做慕斯忙得很，你們不要製造灰塵。」

哈迪斯嚴肅的要求，卻被嗤之以鼻。

「我們收到情報，占據軍港的賊人們下一個目標是這座城堡。為了以防萬一，希望皇帝陛下移步到安全的地方避難。」

八成是因為北方師團有奪回軍港的可能而著急了。這是為了不讓他和吉兒碰面在爭取時間，哈迪斯對這個臨時起意的計策感到驚訝。

不過，這也表示事態發展應該不如貝魯侯爵的預料。他被只有十歲的女孩耍得團團轉，不知做何感想？想到這裡，哈迪斯的嘴角不禁上揚。

奇怪。

（這點我也一樣啊！）

沒想到自己身為丈夫和貝魯侯爵一樣，這樣當然不好。

士兵們將手放在劍柄上警戒著，看來是雇主貝魯侯爵有交代不能讓哈迪斯逃走。這命令還真

皇帝根本沒有理由逃走。

慕斯只剩下冷卻這道手續，裝飾等冷卻之後再做就好。

「你們要是揚起灰塵就傷腦筋了——在原地向我跪下吧！」

他取下三角巾，金色的雙眼發光，魔力從他腳底如漣漪般擴散開來，撼動了整座城堡。

吉兒察覺到地面瞬間的晃動而停下動作。

（地震……不，是魔力？）

難道是哈迪斯發生了什麼事嗎？原本認為他身邊有拉維跟著應該沒問題，但根本沒確認過拉維會不會戰鬥。

哈迪斯當然非常強大，不過可能又會在獲勝瞬間吐血倒下，吉兒心裡感到焦躁不安。她決定下次再落入類似的狀態，一定要優先確保丈夫的安全，否則沒辦法專心於眼前的戰鬥。

那個男人只要能製作美味的料理和點心，安分地等待吉兒回去就足夠了。

「喂，快點！教堂不知道可以撐到什麼時候！」

吉兒將大劍一揮，一邊在前方開路一邊喊道。她身後的卡米拉射出箭矢將船艙的粗繩射斷，圓木從裡面滾落，擋住敵人的去路。

現在不是擔心哈迪斯的時候。

「這是最後一艘船了！我們回去吧！」

吉兒抓住齊克與卡米拉的衣領一躍而上。齊克「喔！」地叫出聲。

「跳起來前應該要先說一聲啊，不然會咬到舌頭耶……」

「吉兒到底是什麼人啊？」

他們向利用建築物的屋頂跑向教堂的吉兒抱怨著，但沒有時間了。

在盡可能不讓敵人發現的狀況下，一躍城牆來到教堂屋頂上，最後從天窗落入教堂內。

在擔心是否是敵人入侵的緊張氣氛中，蘇菲亞前來迎接他們。

「吉兒小姐！還有各位也在。」

「狀況如何？」

吉兒起身的同時，米哈利大聲回答道：

「是！遵照命令，已經將出入口和窗戶都擋住進行防禦，雖然只是把周邊圍起來而已……但和隊長們出去前的狀況一樣，沒有變化。」

「……隊長？」

吉兒指著自己的臉，米哈利和其他人對她點了點頭。

「剛才大家決定這樣稱呼妳。因為叫名字會被敵人發現妳的真實身分，而且妳也確實指揮著我們作戰……」

「原來如此。那麼我就順從大家的意思——感謝大家的體貼。」

雖然吉兒從倉庫出去的時候，敵人就知道她在這裡了，但那是另一回事。她回應大家的體貼和期待，轉換了語氣向大家敬禮。

不過，戰況並不佳。在教堂裡的人有半數是傷兵，能夠戰鬥的人，加上吉兒他們大約只有十人左右。

然而，同樣身處無法動彈的環境，被同伴圍繞與被敵人囚禁的心理負擔大不相同。能活動的人幫忙做路障，或從教堂後方找出能運用的物資。手上有武器的人士氣也提高了。

「對方的船已經毀壞，沒那麼容易逃走，終於要全面抗戰了！」

「那麼做會輸的，所以才說你頭腦簡單。」

「如果不是為了斷絕他們退路才破壞船隻，難道還有其他理由——」

「是為了不讓襲擊者在貝魯侯爵的私人軍隊攻過來時，能立刻從軍港逃走。他們為了不讓自己被貝魯侯爵的軍隊殺掉，應該會改變作戰方式。」

就算在背地裡聯手，表面上他們還是貝魯侯爵的敵人。北方師團採取這樣的作戰方式，貝魯侯爵的私人軍隊就必須對襲擊者進行攻擊。在那樣的情況下，他們在混戰中遭趁機殺掉滅口的可能性就會變高。

現在對方應該正在商討是否有方法不被貝魯侯爵收拾掉。

「不過，他們有沒有可能自暴自棄，反而朝我們進攻？」

「我不認為他們會採取殲滅我們所有人的行動。對於受僱用的傭兵而言，最重要的是實際利益，所以他們現在要不是正在為確保脫逃路線做準備，就是……」

「喂！北方師團，我是率領這群傢伙的頭目——來做交易吧！」

還沒說明，外面就響起了喊叫聲。聲音聽起來比預期的年輕。

「間諜小鬼在裡面吧？把她交出來吧，那樣我們就不會對侯爵家千金動手，也會就此撤離軍港。若不照做，教堂可能會起火喔！」

「看見正在瞄準這裡的弓箭手了！還有火箭……」

有個從教堂裡長椅擋住的窗戶縫隙中向外監視的士兵回報。

卡米拉露出嚴肅的表情。

「這裡的牆壁雖然是磚牆，但木造的部分很多，若火箭射過來，應該轉眼間就會燒起來。」

「……全滅的危機說來就來啊！該怎麼辦？隊長，現在不是奪取軍港的時候了。」

「並非如此喔，敵人的首領終於現身了。」

「聽好了，我數到四十！在數完前，把那小鬼綁好帶出來。」

他數著「一」的聲音響起，吉兒突然轉頭環視一圈。

沒有人把目光從她身上移開，在這種不利的狀態下，沒有任何人打算把吉兒交給敵人。幫負傷士兵處理傷口的蘇菲亞也在對上吉兒的眼神時搖搖頭，像是在阻止她出去。

（真是的，所有人都很有前途嘛！）

大家的神情，看起來就像在等她下指示一樣，被大家用那樣的眼神看著，她不禁想回應。

「讓我去吧。」

「等等，妳忘記我們說過，也必須保護妳嗎？」

「沒有錯！如果只讓吉兒小姐一個人犧牲，我也……！」

「沒問題的，蘇菲亞小姐。我不會在這種時候做出讓計畫付之一炬的行為。」

原本準備站起身的蘇菲亞眨了眨眼。

吉兒將兩手手腕合併，要人將她綁起來，齊克咂嘴後，命令能行動的士兵拿繩子過來。卡米拉緊緊皺著眉頭，將吉兒的兩隻手腕綁在一起。

「沒問題吧？」

「對……蘇菲亞小姐就拜託各位了。」

接著她用只有卡米拉聽得到的聲音悄悄說道：

「對貝魯侯爵而言，更有效的王牌並非身為間諜角色的我，而是受害者角色的蘇菲亞小姐，我不認為他們會就此放棄。」

「……妳認為教堂裡可能還有敵人？」

「神父應該還在，拜託妳了。」

卡米拉看著吉兒的眼睛點點頭，接著直接走向齊克說悄悄話。這樣蘇菲亞就安全了。

「米哈利，由你來把我交出去——這是隊長命令。」

她那麼說道，米哈利把原本想說的話吞回去後點點頭。

倒數剛剛過了三十，時間點剛剛好。

「請、請妳要平安回來啊……！」

米哈利低聲對她說完，打斷倒數的聲音喊道：

「我們願意交易！我們會把間諜的孩子交出去，把她交給你們後，請收手！」

他顫抖的聲音聽起來反倒很逼真。

「很～好，那麼出來吧！」

「你們不會趁開門的瞬間攻擊吧？」

「當然了，我們也差不多該準備逃走，才沒時間浪費在殲滅你們所有人上。」

「吱」地一聲，門向內打開了。

吉兒背後，大家躲藏在重新修復好的路障中。

外面的天色還很亮。疑似頭目的男人向前一步站了出來，即使是頭目，還很年輕。他看起來很輕浮但擺出一副善良的樣子，仔細地觀察吉兒。

「好，確實是那個小鬼沒錯。辛苦你們了。」

確認完成同時，穿著北方師團制服的頭目舉起一隻手，他背後的士兵立刻在弓上搭起火箭，從正面瞄準。

「那麼該說再見——」

吉兒踢向地面，在火箭射出之前，搶先一步用膝蓋向頭目的臉部重擊而去，接著繞到他的背後勒住脖子。

「不希望你們頭目沒命，就全都退下！」

「這是虛張聲勢！不用在意我，快殺了這小鬼——」

吉兒一揮右手，周圍的敵人便全彈飛開來，教堂正面的瞭望台也順勢折成兩半，往準備從其他地方射火箭的人們掉落而去。

「什麼……？」

「順便告訴你，破壞所有船隻的人就是我。」

吉兒踏在頭目的背上，折響了手指關節。

「快選吧，你要讓所有人死在這裡，還是要乖乖放棄抵抗投降？」

「……哈哈，我太大意了！喂，就是現在，把侯爵千金給……」

首領對著教堂的方向喊到一半停了下來。齊克將一個人踹出來，那個與蘇菲亞商量的神父跌出教堂外。

「很遺憾，蘇菲亞小姐平安無事喔。」

「神父居然拿著利器攻擊人，世道真是淪喪了。」

聽見卡米拉和齊克的話，讓吉兒踩著的頭目全身失去力氣。

「……抓我就好，讓我的部下們逃走吧。」

這是非常有男子氣概的發言，齊克和卡米拉對看了一眼。吉兒單刀直入地回答：

「只要你說出和你勾結的是誰。」

「……你們已經知道了吧，就是貝魯侯爵。」

「你能把這件事告訴皇帝陛下嗎？」

「我說的話一點也沒分量。對那些高貴的人來說，我們就像垃圾一樣。」

「頭、頭目！頭目，貝魯侯爵打過來了！跟講好的不一……！」

從另一邊跑過來的男人，胸口被箭給貫穿而喪命。從教堂中走出來的蘇菲亞發出了高亢的驚叫聲。

頭目想要跑過去，卻被吉兒壓制住。她對那雙充滿殺氣的眼睛輕聲說道：

「先忍住。」

「妳……！」

「你想全軍覆沒嗎？我知道你們只是棄子，我會盡可能幫忙，但現在你要忍住……！」

頭目瞪大雙眼。在倒下的賊人身後，騎士團出現了。那整齊又有紀律的模樣不會讓人認為是私人軍隊，他們應該經過相當嚴謹的訓練。

「……妳就是誆騙皇帝陛下的小孩啊？」

從整齊列隊的騎士陣仗當中，一個騎著馬的男人走到前方。「父親大人。」蘇菲亞用微弱的聲音說道。

他是強悍的男人，看向這裡的視線夾雜著嘲弄。沒想到當初在克雷托斯王城中自己居然能忍受這樣的眼神。

「即便年紀還小，也還是克雷托斯的魔女啊，妳這怪物。」

於是她這麼嘲笑回去。

「初次見面，貝魯侯爵。北方師團已經奪回軍港，您的援軍慢了一步呢。」

「妳胡說什麼，我可是趕上了啊。」

吉兒將剛剛踩在腳下的頭目往齊克那邊扔過去。這個好不容易取得的功勞，可不能被搶走。

貝魯侯爵露出鄙視的笑容抬起一隻手，同時間，上方有個巨大的陰影籠罩過來。

吉兒疑惑著地抬頭一看——是龍。從牠的口中噴出的並不是普通的火焰，那是連魔力都會燃燒殆盡，由龍神賦予的制裁之火。

「只要把你們全都處裡掉，一切就會結束了。」

「所有人，到教堂內避難！」

吉兒自己躲開當然沒問題，但只要她一躲開，教堂就會燃燒起來。只能阻止牠了。

她將兩腳站開並抬頭往上看，上空的龍打開了嘴巴。

（要來了！）

龍的嘴裡發出了「噗咻」一聲噴出煙來。

在吉兒眨眼的瞬間，龍伸展翅膀朝著地面墜落，巨大的身軀將貝魯侯爵的軍隊壓垮。塵土四處飛揚，馬匹的嘶鳴聲響起。

在哀號聲此起彼落時，傳來疑似落馬的貝魯侯爵的怒吼聲：

「怎、怎麼突然這樣！都給我起來攻擊！」

「在龍帝的面前，他們怎麼可能辦得到呢？」

一道響亮的聲音在吉兒身後響起，那語氣聽起來一點也不像音色那麼溫柔。

混亂場面就像淋了冷水一樣安靜下來。那個讓人雞皮疙瘩直起的重壓與魔力，就像在克雷托斯王國時感受到的一樣。吉兒嚥下口水。

從龍的身體下爬出來，探出上半身的貝魯侯爵喘著氣說道：

「皇、皇帝陛下……怎麼會在這裡？」

「我不能放著我的妻子不管，自己躲到安全的地方去。」

他輕輕伸出雙手，從吉兒身後抱起她。

「妳有受傷嗎，我的紫水晶？」

「沒、沒有。陛下才是，身體狀況沒問題嗎？」

她一邊在意著沒看到拉維的身影，一邊抬起目光，便看到哈迪斯似乎高興地鬆了口氣。

「妳在為我擔心啊，真高興。話說回來，軍港怎麼樣了？」

吉兒急忙想從哈迪斯的臂彎中跳下來，卻被他緊緊扣在懷裡沒能如願，只好沉默地瞪著他，哈迪斯只是對她笑著。看來沒打算放手。

於是吉兒不甘不願地在被抱著的狀態下開始報告。

「……請容我回報。軍港遭占領是敵人的假情報。這是北方師團在知道敵人抓住我和蘇菲亞小姐後，為了救出我們而擬定的作戰計畫，在保護我們的同時，從賊人手中奪回軍港。」

「陛下！那個少女還不知道是不是間諜。而且她實際上與占據軍港的賊人聯手了。」

如此說道的貝魯侯爵手指向了頭目。不過齊克只是抓住頭目的手臂，並沒有將他綁起來。

雖然只是垂死的掙扎，但遭貝魯侯爵指著的頭目瞪大雙眼後，露出像是諷刺的笑容，吉兒看

了不禁咬緊嘴唇。

對頭目而言，貝魯侯爵的軍隊就是他當前的危機。若他佐證吉兒是間諜，貝魯侯爵應該會願意暫時保護他。若吉兒無法給予更多好處，那麼告發貝魯侯爵對他並沒有意義，因為假如得不到貝魯侯爵的庇護，他必定會遭哈迪斯處決。

雖然下半身還壓在龍的身體下，狼狽的貝魯侯爵卻露出勝券在握的表情。

「軍港內還有敵人，請陛下相信我們，在城裡等待。如果您說那孩子只是單純被賊人利用的可憐孩子，那也沒有關係。我會不遺餘力向周遭的人解釋。」

話中拐著彎是要拿救吉兒作為交換，有意無意地語帶威脅。吉兒正想怒斥他的狡猾時，哈迪斯脫口喃喃說道：

「恐怖政治果然有它的道理呢……」

「……陛下，您剛剛說了什麼？」

「啊，不，沒什麼——拉維，別囉嗦了，我知道。我現在是有家室的人，才不會毀了妻子的努力……絕對不能進行恐怖政治。」

不知是在和體內的拉維對話，還是獨自說著莫名其妙的話，哈迪斯一邊喃喃自語一邊將吉兒放下來。

接著直接走向齊克他們的方向。

不知道哈迪斯打算做什麼，吉兒只能默默地看著。

「你們做得非常好。齊克，還有卡米拉和米哈利。」

被叫出名字的齊克與卡米拉對看了一眼，米哈利聲音顫抖地說：

「……皇帝陛下竟然知道我們這種平民的名字，為什麼……」

「哪有為什麼，北方師團是帝國軍之一，你們是在當中執勤的人，連你們的長相和名字都記不住未免太不應該了。」

哈迪斯將視線由呆愣住的齊克他們，轉移到頭目身上。

「而你——也是北方師團的成員。」

「啥？這傢伙在說什麼……呃，喂！」

哈迪斯從齊克手上搶過頭目，單手抓住他的脖子高舉起來。

「你緊急到任，不認得我是誰也無可厚非。初次見面，我就是你們的皇帝。」

「什麼……我是——嘎！」

頭目的喉嚨被緊緊握住，發出了可怕的聲音。哈迪斯爽朗地繼續說下去。

「北方師團的制服真適合你。剛到任就遇到那麼重大的事件，真是辛苦了，幸好你活下來。好了，將你和你部隊所搜集到的主謀者情報都向我彙報吧！」

「那、那個，皇帝陛下，請問是怎麼回事……」

哈迪斯沒有回答慌張地米哈利，將頭目丟往地上。喘著氣乾咳的頭目抬眼看向哈迪斯。

「看來無論是棄子還是其他人，我的妻子全都想救。」

吉兒心中一驚，看著哈迪斯。頭目驚訝到瞳孔顫抖了起來。

「而我決定要順從我的妻子。」

哈迪斯以冷酷的眼神往下看向頭目，將手放在劍柄上。

「不過，我很任性。我的心意很容易改變，你趁早決定怎麼做比較好喔！」

「……」

「陛、陛下！您在說什麼？難道——」

「……我今天正式到北方師團赴任，叫做雨果。」

頭目——雨果在哈迪斯面前跪下，打斷一臉鐵青的貝魯侯爵。

「我會按照吩咐向您報告，皇帝陛下。」

雨果這麼做，便是表明自己願意成為哈迪斯的棋子。哈迪斯微微一笑。

「那麼，這樣事情就解決了，我的妻子是無辜的。接著是你，貝魯侯爵。」

「這、這種事情，沒有人會認同——唔！」

貝魯侯爵的話因為頭被踩到地上而中斷。鞋底狠狠踩在貝魯侯爵後腦杓上的哈迪斯，以訓斥小孩的口吻告訴他：

「你已經跟死了沒兩樣，死人是不會說話的喔。」

「……這……這樣對待身為侯爵的我，即便是皇帝陛下也不——」

「我應該說過了，若我的妻子是無辜的，我會索討相對的代價。再說了，憑這種愚蠢的計策就想把我拉下台，你是認真的嗎？想要羞辱龍帝也不秤秤自己有幾兩重。」

接著，哈迪斯稍稍歪了頭。

「要用什麼方式處置你呢？想利用女兒橫死來作為批判皇帝的手段，這樣的父親要讓他受什麼樣的苦，我實在想不到。或是你的繼室和她女兒要另外處置？」

「……唔！」

「哎呀，你的臉色變了。看來無論是什麼人都還是有感情的。太好了，看來我還不需要對人類感到絕望。好，那就從她們開始吧，要判烙刑還是拷問呢？都是因為你太無能了，真可憐。」

「你、你這……」

「不過我對於傷害她們一點興趣也沒有，不如這樣如何？你就沒有尊嚴地乞求保命，將貝魯堡交出來給我吧！」

哈迪斯在獨裁者的表情下，露出慈悲的笑容。

看著這一幕的卡米拉渾身起雞皮疙瘩，以雙手撫摸自己的雙臂。

「討厭，他是會讓人心生挫折的類型，皇帝大人……真讓人心動啊！」

「這樣不會罰得太輕嗎？引起那麼大的騷動，不該輕易放過他。」

「咦？請、請問……父親大人之後會怎麼樣呢？」

「皇帝陛下的意思是，只要他承認所有的罪行並交出貝魯堡，就會饒他一命。」

吉兒小聲地說明，蘇菲亞彷彿看見希望般將雙手交扣握住。

但她的祈禱卻被貝魯侯爵的訕笑給打斷。

「故作慈悲給大家看嗎？不愧是逼迫自己母親自殺的皇帝，真是仁慈呢！」

貝魯侯爵的嘲諷，讓現場氣氛降到冰點，哈迪斯瞬間面無表情。

「在你當上皇帝前死了多少人？殺了多少人啊！我只是做了正確的事！想從被詛咒的皇帝手

中保護國家和領地！從你這披著人皮的怪物手裡救出來！」

「……」

「就算有人同情我，擁護你的人也不會出現。因為這個國家裡根本沒有人期望你當皇帝，甚至根本沒有人希望你活著啊！」

所有人都吞下口水，靜靜注視著哈迪斯的反應。

被詛咒的皇帝。當下的沉默彷彿在肯定這個傳聞就是真的，當吉兒準備打破沉默往前踏出一步時，哈迪斯靜靜地回答：

「也許是吧。」

這讓人難以置信的回答，令吉兒驚訝地瞪大雙眼。

「但是，我就是皇帝。無論你們是否期望由我來當，事實都是如此。不會要求你們理解。」

那是他的撒嬌。聽到那個瞬間消逝的溫柔呢喃的人，大概只有吉兒。

「齊克、卡米拉，把貝魯侯爵帶走。」

雖然對哈迪斯的命令感到困惑，齊克和卡米拉仍然照做了。

貝魯侯爵大笑著被帶走了。在聽不到他的聲音之後，哈迪斯回過頭走過吉兒面前，視線看向蘇菲亞。蘇菲亞臉色鐵青，以顫抖的聲音上前說道：

「那……那個，哈迪斯陛下，父親的事情，我很抱——」

「妳不必擔心，我沒打算要他的命。」

蘇菲亞不斷交互說著謝謝與對不起，並跪了下來。

哈迪斯微笑著搖了搖頭。

吉兒一直看著他的側臉。

她以為那張臉可能會在某個瞬間顯露真正心情，但即使在所有事情都處理完後，哈迪斯身為皇帝的神情都沒有露出破綻。

「妳擔心他是不是在勉強自己？那也是沒辦法的事啊！」

吉兒在貝魯侯爵的城堡——這座準備要轉讓給皇帝陛下的城堡中享用晚餐及泡過澡後，說要為她帶路的拉維現身，停在她的頭上說道。

沒有其他人在。晚餐時，哈迪斯並未現身，吉兒一個人吃完了桃子慕斯。因為無法直接信任貝魯侯爵的傭人，這是無可奈何的事。

現在已經讓所有人都離開城主居住的區域，不過因為這居住區域使用了整個五樓的空間，所以拉維正帶領她到寢室。

「他不可能為一點小事就露出受傷的表情。雖然那麼笨，好歹還是皇帝，為了不被看不起，該做的樣子還是會做足的。當然他從一開始就具備成為皇帝的能力與器度了……不過看過他平時的樣子，確實會感到意外啦！」

「對，我以為他是更容易表露自己的人。」

她以為他是更容易顯露怒意或不安的人，但從他的表情與行為完全看不出這些情緒。

「沒想到他會露出殘忍的表情或威脅人，這點我也很驚訝。」

「那個是……嗯，他正在往不進行恐怖政治的方向修正當中……」

「不過我認為，像他那樣把被人傷害的事當作沒發生並不好。這樣下去會逐漸變得理所當然地忽視那些感受，對自己或別人的情感都會變得遲鈍……這樣下去對陛下本身應該不太好。」

然後就會逐漸變得殘酷。因為一直以來都是惡意相向，已經什麼也傷不了他時，自然會成為毫不猶豫下達虐殺命令的人。

「原來如此。確實，他之前因為與人們沒有交流，抓不準和別人相處的距離感，容易把什麼事都當真，又太極端。他真心期待如果沒有詛咒就能受到大家喜愛，相信自己可以交到上百個朋友。幸福家庭計畫也是其中一環。」

「為什麼會那樣教育他呢……絕對會有反作用的。」

「我沒其他辦法啊！全都怪給詛咒就不是誰的錯了，得讓他認為人們都是善良的才行，不然他身上發生太多糟糕的事。例如他母親的所作所為……那種母親太過分，但那傢伙還是……無法聽進那些事實。」

這種焦點轉移在未來一定會出現破綻。即便知道這樣的謊言會輕易被揭穿，拉維或許還是想讓哈迪斯抱持著希望度過一切吧。

「……也發生過讓他發現真相的事情……不過，人若是絕望就完了。他可是皇帝，而且是龍神的轉世降生的龍帝，能毀滅的事物太多了……」

「可是，也正因為有拉維大人不斷告訴他不要放棄希望，才有現在的陛下吧！我覺得非常了不起。」

拉維小小的眼睛眨了好幾下。吉兒伸出食指提議：

「所以趁現在讓他習慣人們吧！例如……嗯——讓他以成為可愛的皇帝為目標？變得容易親近又受歡迎。」

「那是什麼皇帝啊？要在頭上綁緞帶，發點心給大家嗎？……好像很適合耶。」

「像這樣，稍微讓別人看見他的弱點！陛下的外表非常出眾，可以利用反差作為賣點。不必特地扮演強大的皇帝，因為他已經非常優秀了。」

他並未因情緒影響而更改貝魯侯爵的處分，讓大家看見他面對粗暴的怒罵也有容忍的度量。而他記住基層士兵的名字，軍隊士氣也會提高吧。

「而且我並不喜歡他隱藏自己受傷的情感。看到他那張完美偽裝的臉，就讓我想乾脆把他揍到哭出來算了……不對，害一個大男人哭出來也會讓人厭煩，又會想揍他叫他不准哭。」

「叫別人哭而揍人，真的哭了又要揍人叫他別哭啊？那樣太過分了吧？」

拉維精準的批評，讓吉兒的視線飄向別處，她重新說道：

「反正就是……至少，希望他在我面前不要裝模作樣……否則我就是會想揍他。因為覺得他像是在躲我。」

「嘿～嘿～！什麼嘛，原來是這樣啊。小姑娘，難道妳愛上哈迪斯了？」

拉維的眼睛發亮地由上往下看著吉兒，吉兒立刻瞇起眼。

「為什麼會變成這樣啊……」

「因為妳那樣的行為就是希望引起喜歡的人注意而欺負對方啊！」

「我又不是小孩子，才不會做那種愚蠢的事。」

「不，小姑娘，妳怎麼看都是個小孩。」

差點忘了。吉兒清了清喉嚨，決定趁這個機會告訴拉維。

「我現在沒有打算和皇帝陛下發展戀愛關係。」

「那是現在吧？妳是在意年齡的問題嗎？」

「那當然也有關係，但首先，我想和陛下成為只是因為彼此的利益而結合的理想夫妻！」

「妳說的話我無法理解，難道因為我是龍神才聽不懂嗎……？」

「我想神和人類還是有所不同。」

「……算了，哈迪斯也是半斤八兩……啊，這個房間就是妳的寢室。」

終於在走廊最底處看到房間了。感覺走了很遠，果然還是因為手腳比較短吧。看起來是相當大的房間，連房門把手的位置都很高。

她伸手握住把手，施展了一點魔力將沉重的門打開。

「那傢伙已經在裡面了，加油喔～」

「……咦？那個，難道皇帝陛下在房裡嗎？」

「對啊，即便只是形式上，夫妻就是會在同一個房間啊，而且這樣也方便警備。」

「請等一下！這樣難道是初夜——」

當著急的吉兒準備向拉維抱怨時，位在房間正中央附有天篷的大床映入眼簾。她不禁退後了一些，沒想到有個趴著的上半身從那張床上垂落，讓她冷靜下來。

「……陛下？」

「我……喝太多……了……」

「啊，你喝紅酒了？小姑娘，快拿水！水！」

「好、好的！」

轉眼間，房間便成為搶救只喝一口紅酒就引發中毒症狀的皇帝陛下而奔走的戰場。

拉維丟下一句「他平時不太喝酒的」便進入哈迪斯體內。為了讓他儘快恢復，這好像是有效的方法。

在那之後，確實看得出哈迪斯的呼吸逐漸平復，臉上的紅暈也逐漸退去。

（……比起身體狀態，精神上的打擊還是比較痛苦吧。）

她擰乾沾濕的手帕放在哈迪斯的額頭上。接著橫躺在床上的哈迪斯，眼皮顫抖地睜開。

「——妳是……紫水晶？」

「對，您沒事吧？這裡有水，我也從廚房拿了水果過來。」

哈迪斯眨了數次眼後，終於開口輕聲說道：

「……妳在照顧我嗎？」

「對，我很習慣照顧喝醉酒的人……如果您不放心，我可以叫人過來。」

卡米拉和齊克應該也很熟練。不過哈迪斯緩緩地搖了搖頭，接過吉兒遞來的水喝下。

「只要有妳在就夠了……我想吃蘋果。」

「知道了，請稍等一下。」

原本想直接遞給他，但想起對方是位皇帝。於是拿著為了切水果而帶來的小刀思考。

（……不削皮不好吧……好！）

她轉了一圈刀子，將刀刃切入蘋果。輕輕的就好。她移動刀刃試著只削表皮，卻連果肉一起切了下來。

「……」

最重要的是沒有皮就好，沒有皮就可以了。他如果要抱怨，就連皮一起吃。

再次切入蘋果的刀刃，還是完美地連同果肉挖起，果肉彈到吉兒的額頭後掉了下來。她的背後傳來笑聲。

「妳、妳看起來很會用刀劍，沒想到那麼笨拙呢。」

「就算會使用刀劍，也不是誰都會做料理。」

聽到她悶悶不樂地回嘴，哈迪斯邊笑邊坐起身。他抱起吉兒，放到他的兩腿間。接著從吉兒背後如包覆住她似的，將他的雙手各自重疊到她拿著刀與蘋果的手上。

「要像這樣。」

他像示範般帶著吉兒的手轉動，漂亮地削著蘋果皮。吉兒專注地看著自己被操作的雙手，佩服地說：

「動的不是拿刀的那隻手啊。」

「對……妳看，完成了。只要稍微掌握技巧也立刻能學會喔。」

「那個……」

「嗯？」

「……您會削兔子嗎？我、我不知道那要怎麼削……」

她一直想成為一個照顧他人時能做到這件事的女孩。說出這件事讓她很不好意思，但哈迪斯並沒有笑她。

哈迪斯將削下的皮都丟進碗裡，在盤子上靈巧地切掉蘋果果核，將削好的蘋果整齊地擺盤，接著又拿了一個蘋果。

他維持摟著吉兒的姿勢，雙手再次靈活地操作刀子。

大大的手像魔法般削出了兔子蘋果。「喔喔！」吉兒的眼神亮了起來。

「是兔子……！」

「如果有其他東西就能做裝飾了。」

「還能裝飾？陛下是天才嗎？」

「那並不困難……我還有異母的妹妹跟弟弟，於是我想如果會做這些，說不定能讓他們稍微喜歡我而練習的。」

「來洗手吧！」哈迪斯說完，拿出早晨洗臉用的臉盆裝滿水，將吉兒的手也一起放進去。隨後還拿了手帕仔細擦乾她的手，簡直保護過度。

他其實想為弟弟妹妹們這麼做吧。

在知道那個心意後，什麼初夜還是戀童癖這些疑慮全拋到腦後，吉兒順從他想做的事。

「妳也吃蘋果吧。」

「好。」

他以前身體不舒服時，一定沒有人為他削蘋果，也沒有一起吃蘋果的人吧。吉兒拿起哈迪斯擺在盤中的蘋果，稍微想了想。

（……現在的我是個孩子，這只是家家酒的一部分，沒什麼好丟臉的！）

她在床上面向哈迪斯，接著將削成可愛兔子造型的蘋果拿到哈迪斯的嘴邊。

「來，陛下，請張開嘴巴。」

「……我嗎？」

「當然啊，陛下是喝醉的人，需要照顧吧？」

金色的眼瞳中充滿困惑，但最後哈迪斯還是張口咬了蘋果。

咀嚼蘋果的動作與他美麗臉龐的輪廓之間的奇怪反差讓吉兒笑了出來。哈迪斯有點不高興，仍舊將口中的蘋果咀嚼吞下後才開口說話。這麼好的教養，非常像他的作風。

「為什麼要笑？是妳叫我吃的不是嗎？」

「我覺得很可愛，讓我想起了弟弟。」

「……弟弟？」

哈迪斯反問，他的眉頭皺到不行。吉兒回答：

「對，我家是個大家族，我不但有姊姊、哥哥，還有弟弟和妹妹喔。」

「家裡人多熱鬧是很好，但為什麼我是弟弟？」

「我弟弟天不怕地不怕，就算是陛下他一定也不會怕……這麼說來，我還沒跟家裡聯絡呢！雖然應該沒問題才是。」

「哪裡沒問題，說我是弟弟是怎麼回事……不對，弟弟是家人吧……？」

「對啊，我的父母看到了求婚的場面，既然我沒有回去，表示我被強大的男人抓住沒有能力逃跑，他們應該會說那也是無可奈何的事。」

哈迪斯一副無法釋懷的表情，接著吃掉自己手上的蘋果。

「家人都是那樣嗎？」

「我們家是這樣。我如果有求助是另一回事，不過我們家的家訓是『強大就是正義』。」

吉兒也吃了蘋果。似乎比克雷托斯產的還酸，但這個蘋果也相當爽口好吃。

「……對了，那個，非常謝謝您。」

「為了什麼事？」

「這次的事情。因為您實現了我的願望。」

哈迪斯原本可以殺了可能會說出不利證言的雨果，也可以當場處死貝魯侯爵。他沒有選擇那麼做，全是因為順從了吉兒想救所有人的意願。

「……因為妳不喜歡恐怖政治跟殺戮這些事吧？」

「當然不喜歡。不過我從沒嘗試過能救出所有人的作戰方式，這次也沒把握是否能順利。」

「……是這樣嗎？」

看到他感到意外的表情，吉兒苦笑。

「沒錯。要說我一直以來比較像哪種作風，我屬於比起自己的希望，會以命令優先……」

身為軍人，服從命令是理所當然的，否則軍隊就沒有作用了。加上傑拉爾德的命令總是既有效率又完美，完全沒有需要質疑的地方，所以她並沒有不滿。

「妳那麼說，好像妳不是我的妻子而是部下似的。」

哈迪斯以一副不可思議地語氣一說，她的胸口怦怦地跳動。原本想繼續說的話，不知為何讓人感到害臊起來。

「那個……所、所以能獲得陛下的幫助，我真的很高興……」

「不必特別為了那種事感謝我，幫助妻子理所當然。」

「……可是，陛下卻因此被貝魯侯爵說了那麼過分的話……」

不該說對不起吧。

吉兒回過身面向哈迪斯，將小小的雙手疊在哈迪斯手上。

「無論受詛咒或其他事，我都希望陛下活下去。所以下次如果再被那麼說，請您反駁回去。請告訴他們，您有我在！」

不能讓他再次遭受那種悲傷的默認。吉兒在心裡如此發誓，哈迪斯卻迅速甩開她的手，臉上紅暈愈來愈紅，彷彿少女般羞澀。

「妳……其實超喜歡我吧？」

「……什麼？」

「不然才不會說希望我活下去這種話！」

「您對抱持好意的門檻也太低了吧？既然是家人當然會那麼想啊！」

剛說出口，便想起哈迪斯和家人沒有交流的事，因為自己又說錯話而慌張起來。

不過哈迪斯感覺不像受傷，倒像洩了氣，突然瞇起眼睛。

「原來如此，所以我是弟弟啊……」

「咦？啊，對，就是這樣。」

才想著他理解力挺快的，哈迪斯就從吉兒手上拿走裝著蘋果的盤子，用被子將身體裹起來。

「陛下？」

「……我從剛剛開始就在發抖……可能是喝太多水了，好冷……」

「這種事要早點說啊！」

她立刻將另一條被子和脫下來丟在一旁的上衣抓起，讓哈迪斯躺下後蓋在他身上。在不經意碰到哈迪斯的臉頰時，發現相當冰冷。看來要讓他暖和起來可能需要花點時間了。

「……失禮了，陛下。」

吉兒在打了聲招呼後，鑽進哈迪斯的被窩裡。她的身體太小，身高和寬度都不夠，但因為體溫比較高，可以代替熱水袋。

哈迪斯的頭側躺在枕頭上，她將臉探出來，位置在他的脖子附近。

「這樣您會比較快暖和起來。」

「……嗯，說得也是。」

哈迪斯將雙臂環抱住吉兒的身軀，金色的雙瞳在昏暗之中不懷好意地笑了。

「抓到妳了。」

慢了一拍，吉兒才反應過來。

「您、您騙人……？」

「誰叫妳把丈夫當成弟弟，這樣太奇怪了吧？不可原諒。」

「您、您說會冷，我還很擔心耶！」

「不，會冷是真的，我的腳趾沒有感覺，可能不太妙。」

聽到他那麼說就無法輕易離開了啊。

（可惡，因為他像小孩一樣我就鬆懈了……！）

她害羞又不甘心地低下頭後，就被緊緊擁住。

「妳放心，我什麼也不會做。」

當然啊。但自己不管怎麼回答都像不服輸一樣，乾脆保持沉默。

「妳知道嗎？所謂夫妻，就是妻子可以喜歡上丈夫。」

「……陛下光會說我，那麼您自己呢？」

「我不想做出喜歡妳那麼過分的事情來。」

那是什麼意思？不過，似乎不能知道原因。

「妳啊，要不要試著喜歡我？」

他的聲音甜得讓人有陷入戀愛的錯覺。

「否則我會很想把妳的一切都揭開。」

「您試試啊！」她咬著嘴唇。她的內心是十六歲，已經體驗過初戀，也經歷過慘烈的失戀。不能輸給想了解他的好奇心而深入探究。不能先喜歡上他。所以臉頰發熱背後的意思，她也能假裝不懂。

——下定決心的吉兒轉眼間就沉睡了，哈迪斯往下看著她。

「真搞不懂，妳是個孩子還是個大人呢？」

不過感覺不壞。

未滿十四歲，擁有能看見拉維的魔力。原本沒有期望對象比這些條件更好，但她比自己所想的更優秀。當被她求婚時，他從別的意義上感到興奮。

（要讓我幸福？希望我活下去？真心的嗎？）

她真是傲慢啊。他一邊帶著「怎麼可能辦得到」的嘲笑心情，一邊又有「試試看啊」的期待交織出現，無法停止內心莫名的興奮。

她並不明白自己想要接觸的是多麼危險的事物——否則，不會貿然地說出那類等同將手伸入哈迪斯內心的話語。

（但已經太遲了。）

他決定如果有一天能找到妻子，要下跪行禮來表示自己的尊敬。那是至少哈迪斯能展現的誠意。他認為期待對方喜歡上自己這種事就像是個玩笑話，只要不被討厭就夠了。

然而這女孩卻不斷地挑戰他，所以使他想在她逃走前持續追逐著她吧。

『……假如你是想在那種情境耍帥，我倒是可以安心了……但你是在測試底線的小孩嗎？』

體內有個半睡半醒的聲音響起。是拉維。為了不吵醒吉兒，哈迪斯只用思考回應。

（稍微試試沒關係吧！祢不是說女神應該沒辦法出手了嗎？）

『說可能還有其他手段的人是你。再說，這小姑娘說了，她跟你只是以彼此利益為目標的關係喔！你要是把她逼得太緊可是會被討厭的，那樣沒關係嗎？』

（沒差，反正我習慣了。）

所以他想被人喜歡看看。沒錯，想被她所愛。

不談戀愛。要擊潰堅決說出那句話的她，把她的內在引誘出來。

在自己的內在揭露出來之前——只是為了避免這件事。

「明天早上的早餐得做好吃的麵包才行……！」

『……啊～嗯。加油喔，我要睡了。』

吉兒感到事態不妙，原因是哈迪斯。

「今天的烤鴨肉，我認為火侯控制得相當好。」

「好、好像是這樣沒錯……」

「沾醬汁享用也不錯，但也可以跟起司或水煮蛋一起夾入長棍麵包中試試……加入香草也很不錯。來，試試看。」

在餐廳的細長餐桌——不是，是在中庭的涼庭，哈迪斯從準備好的編織籃中拿出食材擺放，將烤鴨肉夾入長棍麵包中，完成後遞了過來。

吉兒接過他遞來的食物，吃下一口後幾乎要哭出來。

「好吃嗎？」

「是、是的，非常好吃……！這個真的非常美味……！」

「那真是太好了……所以，妳喜歡上我了嗎？」

他輕輕歪著頭問道，吉兒一臉冷淡地回答：

「當然沒有。這件事要問幾次？」

「當然是問到妳點頭為止。」

哈迪斯笑瞇瞇的，但完全是盯上獵物的眼神。

（似乎被他以不同的角度盯上了。）

不過，餐點很好吃。而且哈迪斯正以非常精準的方式掌握了吉兒的胃袋。

原以為貝魯侯爵的事件告一段落後，就會立刻往帝都出發，但哈迪斯以「沒有人來迎接」的理由留在貝魯堡。接著他重新面試所有的傭人，包含北方師團和雨果在內，重新安排了編制，軍港復興的預算則讓貝魯侯爵家吐出來，開始與商會討論乾脆將此地改建為貿易城市，包含事後處理發揮出驚人的行政處理能力，轉眼間成為了貝魯堡的新領主。

當吉兒問：「不回帝都沒關係嗎？」他則說皇帝所在的地方就是帝都，沒人來迎接不如遷都好了。沒多久前，還看到他擬定了「帝都殲滅戰」的作戰草案當遊戲玩樂。真是閒到不行的高貴人士的玩法。

（若別人當真我可不管。）

如果只看那些，就會對這位年輕皇帝驚異的優秀能力感到佩服，不過這位才華洋溢到滿出來的皇帝，還特意安排了時間管理起吉兒的飲食生活。

一開始以為他是為了防止有人毒殺，隨後發現並非如此。

「至少告訴我，妳喜歡什麼樣的男人吧？」

儘管令人難以置信，現在他似乎正追求著吉兒。

不想被討厭，想要被喜歡。雖然聽他說了很多次，但是一直以來，他可能比較偏向希望不被討厭就好，所以哈迪斯以往並沒有明顯露骨的舉動。

然而現在卻轉變成這樣——吉兒完全不清楚其中原由，只能牽制他。

「不要一臉認真地問十歲的孩子那種問題。」

「就算十歲也是一名女性，不能拿年紀小當藉口。」

「這想法非常了不起，但假如要結婚，喜歡的條件應該無所謂吧？」

「這是叫我不要追求妻子嗎？真過分，這對丈夫是冒犯。」

聽到他不滿的語氣，吉兒投以冷漠的眼神。

見狀他反倒看起來很高興地對她微笑。即便她喜歡那張臉，依然令人生氣。

「最近我開始覺得被妳冷眼對待也很不錯。」

這男人果然是個變態吧。一點也沒得到教訓的哈迪斯，仔細地盯著吉兒翻白眼的表情。

「假如妳喜歡上我，就答應每天做妳喜歡吃的東西。」

「我並不認同您用東西來誘惑人的手段，感謝招待！那麼，我先離開了。」

「還有甜點耶？」

她一轉頭，看到哈迪斯拿出包在紙裡的派。

被成功誘惑的吉兒，默默地重新坐下。

「啊，在這裡。吉兒……還有皇帝陛下果然也在一起呢。」

吉兒不甘心地埋頭吃著甜點時，卡米拉躍過中庭的小河，和齊克一起朝她走來。

他們兩人都穿著北方師團的制服，但象徵階級的徽章已經拆下，肩上披掛的是裝飾著綁繩的短斗篷，乍看並不曉得職位。因為他們換了工作。

為了表示自己的來意，兩人一起跪下。但不是對哈迪斯，是對吉兒。

「很高興見到我們的公主感到愉悅。但是吉兒，念書的時間到了喔。」

「不知道皇帝陛下也在此，有失禮數……我們來迎接嘍，該解散了。」

「這樣啊……已經到了分別的時刻……真難過啊。」

看到那麼沮喪的哈迪斯，齊克抬起頭搔了搔後腦勺。

「沒那麼誇張……只是一、兩個小時而已。皇帝陛下不如做些點心等她如何？」

「就是呀，陛下，和我們一起等她回來吧。一起看家嘛。」

「我明白了。你們總是那麼體貼……對了，若是不嫌棄，嚐嚐這個吧？」

卡米拉和齊克看著哈迪斯遞來的餅乾，眼睛都亮了起來。吉兒忍不住嘟囔道：

「連你們都被餵食收買該怎麼辦啊……！還有，對陛下要說敬語！要有禮貌！」

「哎呀，說不需要那麼正經八百的就是妳啊。只孤立皇帝陛下就太可憐了，對吧～」

「沒錯，不能孤立我一個人。而且你們也教了我許多事情。」

看著興高采烈的哈迪斯，吉兒有非常不好的預感。

而齊克立刻應證她的預感。

「那麼，這次怎麼樣？和我們的隊長有點進展了嗎？」

「還差一點。不知道少了什麼，我非常努力研究食譜了。」

「啊～只有這樣不行呀，得從各種角度展開進攻才行！下次送禮物如何？吉兒畢竟正值少女的年紀，也許可以送個可愛玩偶！」

「等等，你們到底都教了皇帝陛下什麼……？」

吉兒強忍著頭痛問道，卡米拉和齊克互看了一眼。

「哪有什麼，就是追求女人的方法，即使這麼說，因為對象年紀太小，說真的我們也不知道怎麼做才對。不過擋不住好奇心。」

「就是呀，而且皇帝陛下那麼可愛。」

「這、這樣啊。我可愛嗎……」

「陛下，你別一副興高采烈的樣子！真是莫名其妙……！」

吉兒將雙手蓋在臉上，哈迪斯眨了眨眼後，肩膀垂了下去。

「難道妳……不喜歡可愛的男人嗎……？」

「討厭～吉兒在欺負陛下～」

「就算妳是龍妃，對方還是皇帝陛下。說話還是要多少留意用詞。」

「為什麼變成是我的問題了？你們應該要站在我這邊，而不是陛下那邊才對吧？你們可是把劍獻給我的『龍妃騎士』耶……！」

為了卡米拉和齊克往後能夠幸福的生活下去，吉兒原本沒想讓他們成為自己的部下，但因為在軍港一事的功勞，當哈迪斯向兩人詢問要什麼獎賞時，他們提出希望成為「龍妃騎士」。

在拉維帝國，如同皇帝擁有龍帝這個別稱，其皇妃也被稱為龍妃。而宣誓要對龍妃效忠的親衛隊，便稱為「龍妃騎士」。

這頭銜非常了不起，但完全是個名譽職，並沒有任何實質工作。明明老實說出希望能升遷就好，不過問他們為何提出那樣的要求，卡米拉說「因為感覺會很開心」，齊克則回答「被妳的強大所吸引」而已。雖然哈迪斯說假如吉兒不願意可以否決這件事，但吉兒接受了他們的請求。可能是為了彌補遺憾，若能和他們再次建立新的關係，那是再開心不過了。

然而，吉兒現在卻因此陷入自己從未想過的危機中。

「請別在意，陛下。即使隊長自己不相信，我們都看得出她對你有意思。」

「真的嗎？」

「沒錯，我也認為有機會。我們會支持你的，請加油！畢竟吉兒是我們很重要的主人。你喜歡吉兒吧？」

「咦？才、才沒那種事……！」

哈迪斯突然驚慌失措起來，漲紅著臉、視線四處張望地喃喃說道。

「我、我喜歡紫水晶，這種事……！喜、喜歡……紫水晶。我、我喜歡……紫水晶……？」

「……喂，沒想到都這時候了，要從這件事開始確認嗎？」

「我喜歡什麼的……咦？紫水晶喜歡我……什麼時候開始的？」

「等等，陛下，不能隨便亂帶入喔！會被當成可怕的男人的！」

「我知道了。」哈迪斯立刻點了點頭。齊克和卡米拉雖然大大地嘆了口氣，但在吉兒眼中，他一點也沒有值得同情的地方。完全是自作自受。

吉兒雖然抱怨，還是吃光哈迪斯親手做的料理，接著從涼庭的椅子上一躍而下。

「感謝陛下的款待。我該離開了，先告辭。」

「知道了。我會做起司蛋糕等妳。」

原本想回嘴，但看到哈迪斯一臉笑眯眯地對自己揮手。她覺得跟他抗議也沒用，於是立刻轉身離開了。

「那樣居然沒有自覺啊……這下該怎麼辦呢？」

「不過讓他察覺到自己心意會很有趣，絕對更好玩～」

「請不要拿陛下和我來玩。」

她瞪了跟在身後的兩位騎士一眼，卡米拉瞪大了眼睛。

「妳在說什麼呀，吉兒！不管妳有多麼強，在這裡可是假想敵國的人喔，只有陛下的寵愛能成為妳的後盾呀！」

「沒錯。妳作為我們的主人，身為部下的工作就是要鞏固妳的立場。聽好了，妳一定要馴服那位皇帝。」

「馴、馴服……」

部下們回饋誠實到嚇人的意見，不禁讓她在中庭正中央感到招架不住。

「妳沒問題的。收服那個皇帝，應該比貝魯侯爵的千金容易吧？」

「就是啊～妳就把他壓倒在下，讓他成為妳的人嘛！」

「你們打算叫十歲的孩子做什麼啊？」

「我們已經決定不把吉兒當小孩對待了。」

「沒錯。再說妳為了那個皇帝做了那麼多，表示妳不討厭他吧？」

齊克冷靜地發問，讓她連視線也四處游移起來。

「那、那是當然的。只是，我和陛下不是那種關係。」

「那麼給妳一個忠告。如果不喜歡，就別因為被邀吃飯便傻呼呼地跟著男人走。」

「唔。那是因為……食物是無辜的，而且很好吃，真的很好吃……！」

「但這種態度會讓男人有所期待呀。若照妳所說，和陛下只是形式上的關係，就要果決地拒絕才行喔～」

「這、這樣啊……？」

她逐漸對自己的回答沒了自信。

卡米拉對支支吾吾的吉兒眨了眨眼。

「這邊也讓人意外呢，妳對自己的行為沒有自覺？」

「她的狀況反倒符合年紀吧？我們的感覺可能也不是那麼正確了。」

「不過我們是吉兒的夥伴喔！對方是皇帝陛下，追求手段卻很幼稚，不必那麼慎重地接受，像平時一樣冷淡地帶過就好了啊。」

「妳、妳說得那麼簡單……我第一次被男性追求，不知道應對的方式。」

她說著說著感覺臉頰慢慢變熱。

身後靜默了下來，使小鳥悅耳的鳴叫變得很清楚。才那麼想著，就突然被卡米拉從背後緊緊抱住。

「呀～真可愛～！好可愛，吉兒好可愛！」

「什麼嘛，原來只差有人推一把而已啊，還說什麼只是像家家酒一樣扮演夫妻。」

「我、我說啊，請不要貿然下定論！正因為當了夫妻，才沒打算把情啊愛啊的扯進來。否則當陛下犯錯時，就無法給他諫言了。」

吉兒說完後，原本緊緊抱著她的卡米拉鬆開了雙臂。

「真是沒有人情味的說法呢……先別管年齡差距，那位皇帝大人明明那麼帥，看了不會產生『呀～』或是『嗚哇哇～』這種感覺嗎？」

因為光想到那些事就幸福不已了，撐住啊，那個怦然跳動的戀愛之心。

「……那我已有過經驗，足夠了。」

「騙人！太早了吧！這是怎麼回事？」

「別問我啊。這個……不知道妳發生過什麼事，但也別急著下結論。實際上妳還是個孩子，而那位皇帝的內心也還是個孩子嘛。」

齊克將手放在吉兒的頭上。

（不過因為那個經驗，才害你們被牽連的。）

不經意襲來的後悔，使她咬緊了嘴唇。沒錯，吉兒的初戀讓許多事物受到牽連，一切都化為烏有了。

因此這次絕對不能犯錯。

「吉兒小姐！吉兒小姐，糟糕了……！啊！」

蘇菲亞從迴廊踏進中庭時，臉朝下跌了一跤。卡米拉立刻前去幫她。

「冷靜一點啊，蘇菲亞。妳是吉兒的老師吧！」

「嗚、嗚嗚……真是抱歉，我太著急了……」

貝魯侯爵與繼室他們在蘇菲亞以前生活的別邸中療養。侯爵雖然還在獄中調查，但已經提出公文，希望下一任侯爵由蘇菲亞的婿養子擔任。

蘇菲亞對哈迪斯的決定沒有異議，遴選下任侯爵的重任突然落到她肩上，也沒有逃避。不僅如此，反而還向哈迪斯請求由自己一邊擔任吉兒的家庭教師，一邊尋找夫婿。

如此請願的蘇菲亞，似乎斷絕了對哈迪斯的戀慕之心。她在與吉兒喝茶的時候說過，父親能夠保命讓她非常感激，自己已經沒有那樣的資格。

同時也在那場茶會中，當蘇菲亞看到受邀刺繡的吉兒拿針時笨手笨腳的模樣，暈眩發作地大叫：「妳會跳舞嗎？詩歌呢？禮儀禮節呢？」

以結論而言，蘇菲亞判斷吉兒這樣無法在宮廷中生活。實際在帝都的宮廷中生存下來的蘇菲亞那麼說，聽來說服力十足，吉兒因此開始跟著蘇菲亞學習淑女所需具備的一切。

會讓那個優雅的蘇菲亞飛奔而來，究竟是什麼事？

「那個，剛才有一封給吉兒小姐的信送到……我想趕快通知妳。」

卡米拉接過蘇菲亞手上握著的信，交給吉兒。

白色信封上的收件人處，以藍黑色墨水寫著吉兒的名字。

吉兒正在拉維帝國，而且是在貝魯堡中，連她的家人都不清楚所在位置才是，如此便能理解為何蘇菲亞如此急著通知她。

加上信封上眼熟的筆跡，讓她有不好的預感。

吉兒撕開信封一端後，展開信紙，接著說不出話。她因為太過震驚鬆了手，信封和信紙從手中落下。

「天、天啊，吉兒，怎麼了？妳有在呼吸嗎？」

「我、我沒事……只是有點想逃避現實而已。」

「喂，信會被風吹走喔……啊。」

「——看看上面寫了什麼。他確實如我猜測不會放棄呢。」

吉兒緩慢地轉向那個到稍早為止還很開朗，現在卻變得低沉的聲音來源。

應該是收拾完涼庭過來的。哈迪斯撿起落到腳邊的信紙面露微笑。

那是讓吉兒幾乎要從喉嚨發出嗚咽、極度凶惡的笑臉。

「沒想到身為一國的王太子那麼熱情，我也得學習才行。妳不那麼認為嗎？我的紫水晶。」

「我、我想應該沒那回事才對。」

「好了，來準備愉快的歡迎會吧！我接受這挑戰，愛就是戰爭啊。」

哈迪斯雖然臉上有笑容，但眼裡並沒有笑意。

吉兒一邊在腦中痛毆著以前那位未婚夫，一邊抱頭苦惱。

（為什麼不放棄？把我當成反叛者還比較好——）

「我很快就去接妳。」

傑拉爾德．迪亞．克雷托斯的簽名所留下的筆跡特徵，無論是現在還是未來都不曾變過。

同時間，克雷托斯王國派遣的使者也抵達了，通知希望能對兩國往後的關係進行會談。吉兒收到的信似乎也是這個使者帶過來的。

對方表示並非以官方立場來訪，會談的地點也不在帝都，而是預計明早抵達這座水上都市貝魯堡進行訪問。完全沒有時間與心理上的準備。不如說，對方沒打算給他們餘裕吧。

「吉兒小姐，妳的眼神失焦了。請展現更像淑女的笑容。」

雖然是非官方場合，仍是與王太子的會談場合。前來幫忙做準備的蘇菲亞，看到吉兒的表情後如此說道。

聽到她那麼說，吉兒試著硬是將自己的雙頰往上擠。

「像這樣嗎？」

「……這完全是壞人臉。」

「那麼這樣？」

「更可怕了，就像看到獵物在眼前正舔舐唇邊一樣。」

「那麼，這種感覺呢？」

「……算了，妳還是維持面無表情比較好。」

聽到從出入口飛奔過來的卡米拉給的忠告，蘇菲亞嘆了口氣。

吉兒對周圍的反應感到很抱歉。

「對不起，我不擅長擺可愛的笑臉……請問，有能讓腳自由活動的洋裝嗎？穿那種衣服可能會放鬆一點。」

「要露出腳嗎？原來如此……反正也有那樣的流行，吉兒小姐還是個孩子，應該不會被說不知廉恥，反而會覺得很可愛。」

「不，不是因為那樣，我要能施展腳法。還有大腿那邊也要有束襪帶能藏暗器。」

「喂，這不是要上戰場，只是會談。而且若是那麼做，妳的護衛要幹嘛？」

齊克的意見完全正確，但如果可以，吉兒希望能斷絕會談對象的呼吸。蘇菲亞皺起了眉頭：

「……妳的表情變得更凶狠了啊……」

「天生的。」

「吉兒小姐是很可愛的人喔。不必緊張，請拿出自信來。妳有喜歡的洋裝顏色或款式嗎？」

「為了能瞬間殺了他，還是穿能使出迴旋踢的洋裝比較好。」

「……我完全理解妳是真的非常討厭傑拉爾德王太子了。不過，吉兒小姐，笑容就是淑女的武器之一喔。」

武器，這個詞讓吉兒有些反應。

「無論實際狀況如何，從克雷托斯的角度來看，會認為吉兒小姐是遭到綁架吧？」

「……是。」

「若要否定那個狀況，妳就必須展現幸福的模樣。要露出既優雅又不失莊重，顯示自己在這裡倍受禮遇的笑容——像這樣。」

蘇菲亞俐落地合起雙手，擺出端莊的姿勢，收起下顎優美地微笑著。

吉兒感到自己背上有什麼快速閃過。

（與平時的蘇菲亞小姐不同。）

那是一個既沉穩又帶著任誰看到都會放鬆下來的溫柔，使人憐愛的微笑。只要看到這笑容，都會相信她過得很幸福。

「怎麼樣呢？」

「……妳說的意思我懂了。我會努力看看……蘇菲亞小姐真是厲害呢。」

蘇菲亞露出高興的笑容。這表情就是平時的蘇菲亞了。

「我去選腳能露出來的洋裝。先不管妳的理由是什麼，能讓妳的心情輕鬆一點會比較好。」

蘇菲亞說完，便進入哈迪斯為吉兒準備的服裝房間，仔細挑選符合吉兒期望的洋裝。那件洋裝上有大大的蝴蝶結，色調很可愛。腿部確實能自由活動，但也縫有許多蕾絲和褶邊，她在心裡決定，戰鬥時得小心不要勾破了。

準備工作仍持續著。在加入能讓肌膚保濕的藥劑後呈現乳白色的洗澡水中沐浴，在雙頰與額頭輕拍玫瑰水、全身擦上乳液、用香油梳理髮絲。聽到不需要穿束腹時，鬆了一口氣。因為她還是個孩子，只化了淡淡的妝，為了讓她看起來有健康的氣色，只在嘴唇上塗了能呈現水潤色澤的唇蜜。

城堡中新僱用的傭人們心裡都非常明白狀況——倒不如說他們完全把吉兒當成玩具，把她打扮成一位非常出色的公主殿下。

在看到全身鏡時，她幾乎認不出鏡中的人是誰。

（記得要有笑容、笑容……！）

她在腦中一邊複誦，一邊走在護衛的齊克和卡米拉身後。

大理石走廊的盡頭，哈迪斯站在巨大的兩扇門扉前。

哈迪斯只換了一件奢華的斗篷，其他幾乎與平時沒兩樣。然而原本就天生麗質，光是站著就如凜然綻放的花朵般美麗。認真的表情更增添那股氣質。

（……他若盛裝打扮我就完全失色了……）

原本努力想展現的笑容，現在因為其他原因消失了。

「我們把吉兒小姐帶來了，皇帝陛下。」

哈迪斯轉向卡米拉出聲的方向，露出了笑容。

「是蘇菲亞小姐幫妳打點的嗎？平時已經很好看，穿上洋裝也很不錯呢。」

哈迪斯以興高采烈的語氣說著，並蹲下讓視線高度與吉兒平視，對她微笑。

「真是可愛。下次要不要試試編髮？我很擅長的。」

他修長的手指撩起她耳朵附近的頭髮，這突如其來的舉動讓吉兒慌張逃開。

「現、現在不必了！我不用那麼做，因為陛下比較可愛！」

「……那是指我不是妳所喜歡的類型的男人嗎？」

「喂，你們晚點再聊這些莫名其妙的事吧！護衛真的只需要待在外面就好嗎？」

「啊、嗯……沒問題。這次不是官方的活動，對方也只有王太子一個人而已。」

吉兒冷冷地想，那當然。傑拉爾德很強的。
（連我在比賽中也從沒贏過他……如果能想出一些辦法就好了。）
蹲在吉兒面前的哈迪斯忽然站了起來。
「克雷托斯說妳是遭到我綁架。為了證明事情並非如此，所以讓妳一起出席，但基本上妳只要在場保持微笑就可以……可是……為什麼妳的表情愈來愈恐怖了？」
吉兒兩手握拳，緊閉著雙眼。
「非常抱歉，陛下。一想到是敵襲，就無法壓抑殺氣……！」
「是、是這樣嗎……不過，對方是要來迎接妳喔？會不會有點動搖……」
「不會。說穿了，傑拉爾德王太子真正的目的應該不是我。」
唯獨這點，吉兒可以斷言。
「我一定會保護你的，請不要離開我身邊，陛下。」
「……啊，等等，陛下？」
哈迪斯腳步踉蹌，手放在心臟的位置。吉兒喊著「陛下」跑到他身邊。
「呼、呼吸……困難……！」
「喂，沒事吧？在重要關頭的時候……要取消嗎？」
「真是的，吉兒，這種時候不要玩弄陛下的心臟啦。」
「什麼？」
為什麼是自己被罵？哈迪斯讓齊克拍著背，喝下卡米拉遞過來的水，在深呼吸後抱起吉兒。

「時間到了，我們走。」

「真的沒問題嗎？要與傑拉爾德王太子交手，如果身體狀況不好……」

「……難道妳認為我會輸給那個王太子？」

突然被他用冷酷的語氣一問，吉兒慌忙搖頭否認。

「並、並不是那樣。」

「那就好。」

面向前方的哈迪斯，金色眼瞳中藏著光芒。在她眼前轉變成執政者的神情。

（……他雖然有很多讓人不放心的地方，這部分卻很成熟……）

正當她專注地看著他時，伸出食指整理衣領的哈迪斯訝異地看向她。

「妳還有其他不放心的事？」

「我對和可愛笑容無緣的自己感到沒用。明明得讓人相信我與陛下是和睦的夫妻，卻不斷釋出對傑拉爾德殿下的殺氣……！」

哈迪斯突然瞇細眼睛。

「……妳是不是從剛才開始就不在意我，滿腦子只想著那個王太子？」

「什麼？別開玩笑了，怎麼可能有那種事，我只是想儘快置他於死地而已。」

「不過，人家說愛與恨只有一線之隔吧？」

她正準備否定這個令人難以置信的找碴時，哈迪斯的眼神開始緊盯著她。

「……妳和那個王太子之間，除了訂下婚約外，是不是還發生過什麼事？」

「沒有，完全一點事都沒發生，怎麼可能有什麼。」

這是事實。至少現在這個時間點，吉兒和傑拉爾德只有婚約破裂的關係。

但沒想到，哈迪斯惱怒地將吉兒在走廊上放下。

「計畫變更，妳留在這裡。我不能讓妳去見王太子。」

「什麼？不、不可以，太危險了，陛下！」

吉兒慌張地用兩手抓住哈迪斯的斗篷，回過頭的哈迪斯也扯著斗篷，打算搶回來，兩人互相拉扯了起來。

「我說我一個人去……！妳留在這裡！」

「那樣就沒辦法解開陛下綁架我的誤會了呀！」

「那也無所謂！我絕不讓妳去見王太子，妳是我的妻子！」

「你說得沒錯！所以我不能讓陛下一個人去！卡米拉、齊克，快點阻止陛下！」

「隊長說得一點也沒錯啊……為什麼會因為這種事吵起來？」

「吉兒，現在不能硬來，因為陛下正在吃醋啊！」

「咦？」

吉兒和哈迪斯同時感到驚訝，斗篷從兩人手中垂落下來。

走廊上一片靜默。

「……」

「你們不要同時看著我，給我自己解決！」

「請不要忘記等一下得扮演感情和睦的夫妻才行喔～」

這下吉兒忽然驚覺，現在不是吵架的時候，已經沒有時間了。

「那、那個，陛下，總之現在工作優先。」

「……我知道。不能讓妳滿腦子想著我，是我太沒用……」

看著垂頭喪氣的哈迪斯，吉兒逐漸害羞了起來。

「那、那個，陛下……我、我呢……心、心裡都在擔心陛下喔。」

「那是因為我太不可靠了吧？妳覺得我很沒用。」

雖然吉兒心中不那麼認為，但無法找到適切的言語表達。轉眼間，哈迪斯的情緒落到低點。

「沒關係，我確實很沒出息……像妳在意的可愛態度那些事，明明有方法卻說不出口……」

「咦？您、您有方法要早點說呀！」

吉兒瞬間將剛剛的害羞拋諸腦後，向哈迪斯靠過去。

「請告訴我，拜託！」

「但、但是不行，那個是粗暴療法，對我們而言還太早了。」

這下換哈迪斯惴惴不安地別開眼睛，吉兒則是進一步追問。

「不管是什麼粗暴療法，我都可以忍受！請您那麼做，我不要成為絆腳石！」

「我……我才不會被妳騙，要是貿然相信妳，到時惹妳生氣而討厭我……」

「我不會生氣，也不會討厭您！請拿出勇氣來，陛下。」

「……絕對不會生氣，也不會討厭我？」

「是，我答應您！」

在稍作考慮後，哈迪斯抱起吉兒。

「……絕對絕對絕對嗎？」

看他那麼用力再三確認，她稍微笑了出來。雖然他看似積極地追求吉兒，但害怕被討厭這點還是沒變。

「絕對絕對絕對沒問題。陛下很清楚我說話不會出爾反爾吧？」

「……知道了，我相信妳。」

「陛下，具體而言是什麼樣的計策呢？」

她幹勁十足地盯著哈迪斯，哈迪斯平靜地回答：

「很簡單，只要讓妳滿腦子都想著我就好。」

「欸——嗯？」

有個物品掉落發出「哐啷」的聲響，應該是齊克或卡米拉吧。

吉兒的視線被哈迪斯的臉龐占滿，在聽到那個聲響後回神。她幾乎在同時明白發生什麼事。

他們接吻了。在其他人面前，而且沒有脈絡可循——她的情緒由混亂轉變為害羞，正當怒意要升起時，達成目的的哈迪斯張開了眼睛。他那雙充滿無限魅力的金色眼瞳，看起來彷彿能將人的喉嚨咬斷，使她的身體無法動彈。

「——妳看，馬上就被我逮到破綻了，妳真可愛呢。」

他以近距離施展妖豔微笑，加上呼吸困難，吉兒的頭上冒出熱氣，直接靠在哈迪斯的頸邊。

應該是渾身沒力了。

哈迪斯小心翼翼地重新抱穩吉兒，在她耳邊輕聲說道：

「這樣妳就是個嬌羞又惹人憐愛的少女了，繼續融化在我懷裡就好。」

「身、身為一個成年男人，你剛剛的行為不妥吧，陛下……剛剛那樣犯規……」

「喂，你身為大人，剛剛那樣應該要被我揍一拳吧！」

「因為要讓傑拉爾德王太子看出我們感情很好，這是最好的辦法，讓她看起來滿腦子只有我就可以了。」

不會生氣、也不會討厭他，這是講好的。不過很想對他說一句怨言。

「……那……是我的……初吻啊……！」

她和準備邁開腳步的哈迪斯對上眼。紅了臉頰的哈迪斯膽怯地問道：

「……那……等一下只有我們獨處時，可以重來一次？」

吉兒想起，自己並沒有答應不揍他。

「對於我唐突來訪，非常感謝您們的安排與招待。那麼，有關要談的內容……」

在寬敞的接待室當中，隔著桌子坐在另一端的傑拉爾德在最後語尾的語氣變弱。眼鏡後浮現困惑的神情。這也難怪，吉兒心想。

現身在洽談現場的皇帝陛下，左邊臉頰上有一個清楚的掌印，那是一個小小的手掌攤開的痕跡，何況那個巴掌聲應該非常響亮，他大概立刻就察覺那是吉兒打的。加上與哈迪斯坐在同一張長沙發上的吉兒將臉別過去不看哈迪斯的模樣，能更加確定。

「怎麼了？請繼續說。」

然而哈迪斯笑瞇瞇的，讓人非常難以開口詢問。

「沒事……首先，我有話想問問吉兒・薩威爾小姐。」

「人家要問妳話。」

「我沒有什麼好說的。」

傑拉爾德對她冷淡的回答皺起眉頭，哈迪斯的態度卻紋風不動。

「不好意思，剛剛來到這裡前，我們因為吃醋吵了一架。」

「吃醋吵架？」

「有客人在呢。」

面對忍不住發怒的吉兒，哈迪斯用安撫的語氣回應她。這種時候才擺出大人的模樣，讓她更火大了。

「傑拉爾德王子，我的未婚妻年紀還小，請你別介意。雖然吵架的事你也有責任。」

「……這話是什麼意思，我不明白。」

「因為你說要來迎接她，我忍不住吃醋了。」

確實有那件事。但哈迪斯以一副看不出有吃醋的輕鬆神情，重新翹起長長的二郎腿。

「當我問她是否想回去時，她質疑我不相信她的愛而打了我。」

這件事絕對是胡謅的，但看到傑拉爾德瞇起眼睛，吉兒便保持沉默。

哈迪斯打算將吉兒生氣的原因，塑造成因為吃醋而起。他既然是皇帝，要捏造這種不到奸計程度的謊言，自然信手拈來。

讓人感到既佩服又生氣，而且想到自己被騙就更加生氣了。

而且如同哈迪斯預謀的，吉兒腦中因為哈迪斯的行為而滿腦子都是他，這是最讓她感到氣憤的。無論是他長長的睫毛、雖然薄卻柔軟的嘴唇觸感，還是讓人聽了感到全身酥軟的聲音，只要稍不留神就會浮現於腦中。每次都要費盡心力壓抑這些念頭。

（我絕對不會再大意，不露出破綻，不會再讓他吻我……！）

吉兒在心中重複這些話，哈迪斯在她身旁緩緩地將手撐在臉頰上。

「遲遲未向薩威爾家聯繫，是我的疏失，這點我誠心道歉。不過真心希望你們不要懷疑我綁架她，不然另一邊的臉也會被打的。」

「……身為皇帝居然會被那麼小的孩子打，究竟是怎麼回事呢？」

「我是個順從妻子的皇帝。」

哈迪斯坦然又肯定地回答，接著解開交叉的雙腿站了起來。

「那麼，請容我們失陪。你是私下來訪吧，請盡情去觀光吧。」

「我的話還沒說完。」

「你要當我們夫妻吵架的和事佬嗎？」

傑拉爾德看了吉兒一眼後咂嘴。看來他是相信了吃醋吵架的說詞。

吉兒因此感到心情爽快。

（原來還有這種做法啊。）

這種場合下，只能擺出令人憐愛的笑容，這似乎是吉兒的成見。也是因為這是非公開場合才能用這樣的態度應對，但吉兒發現自己的視野有多狹隘而看向哈迪斯。不知不覺間對他的怒氣似乎也消失了。

「……才不需要和事佬，只要陛下誠心誠意道歉就好。」

明明沒說錯話，她卻感到臉頰紅了起來。現場彷彿真的是夫妻吵架般，充滿令人無法久留的氣氛。而肇事者的哈迪斯神情卻一派輕鬆。

「好，要道歉幾次我都願意。該怎麼討妳歡心呢？這種煩惱真不錯。」

「……您不需要討我歡心。」

「真的不需要？」

腦中浮現了料理和點心，她趕緊將那些美味的幻想趕出腦中。哈迪斯看來正在拚命憋笑，吉兒在旁邊斜眼瞪他，接著做了深呼吸。

她挺起背脊，正眼看著表情為難的傑拉爾德。

「就是這麼回事，不需擔心我。對於造成您的困擾，誠心感到抱歉。也會親自聯絡家人。」

「……妳不打算回克雷托斯？之前已經約定妳會成為我的未婚妻，而妳要捨棄成為王太子妃的未來，甚至連家人和故鄉也捨棄，為什麼？」

「因為陛下需要我。」

吉兒那麼回答，傑拉爾德憐憫地瞇細了雙眼。

「需要啊，原來如此……那麼只要沒有那個需要就可以了，對吧，皇帝陛下？」

哈迪斯沒有回應，但傑拉爾德背靠著沙發繼續說道：

「據說您的未婚妻條件是要未滿十四歲，而且要看到您所展示的某個東西。我認為您要找的是能看見龍神，並且擁有魔力的少女，這是為了解除詛咒吧？」

傑拉爾德看到吉兒緊盯著他，難得地對她露出微笑。

哈迪斯嘆了口氣，重新在吉兒身邊坐下。

「魔法大國的克雷托斯王子的觀察力令人佩服。我不否認。」

「如果我說皇帝的詛咒還沒有解除呢？」

「假如沒有根據，根本沒什麼好說。」

「日前軍港一事我也有耳聞。聽說您放貝魯侯爵一條生路，為了政局考量真是個英明決斷。聽到被詛咒的皇帝只是個傳聞，居民都放心了。但若是詛咒還在，貝魯侯爵應該會死，我是這麼分析的，您認為呢？」

「咚」門上傳來敲門聲。這個時間點來的一定不會是好消息。

然而哈迪斯毫不猶豫。

「進來。」

「抱歉，打擾各位暢談。」

進門的是米哈利。他在上次的戰場上獲得哈迪斯的信任，也領悟到自己的性格適合擔任守備工作，由北方師團轉職擔任近衛，現在的工作是負責城堡的警備。

米哈利行禮後，看了傑拉爾德一眼。看來是不方便讓客人知道，但又不得不趕緊來通知的消息，正等著哈迪斯的判斷。

哈迪斯的眼睛沒有離開傑拉爾德，先開口問道：

「貝魯侯爵死了嗎？」

哈迪斯挺直背脊回答：「是的。」

充斥著沉默的房間裡，只有傑拉爾德將背深深靠著沙發坐下，一副感到有趣般的笑了。

為了不讓貝魯侯爵自殺，他帶進牢房的物品都被嚴格管理，他卻在看守面前，用自己的手掐死了自己。根據看守的證詞表示，他有說：「救救我。」

雖然下了封口令，傳聞還是轉眼間傳開。不只城堡內，鎮上也流傳著貝魯侯爵令人費解的死法，而且還加油添醋不少。

吉兒聽見到鎮上探查的卡米拉他們轉述的傳聞，在自己的房間嘆了一大口氣：

「大家果然會認為是皇帝陛下的詛咒啊……」

「氣氛很糟呢，傳聞很離譜，說因為這裡是貝魯侯爵的領地，住在這裡的居民可能都會遭到殺害，所以大家都很害怕。」

「我們也找在軍港的北方師團——雨果問過，有可能是鎮上有人造謠。」

「八成是傑拉爾德王子帶來的人在造謠吧。」

聽到吉兒低聲如此說道，卡米拉歪著頭問道：

「為什麼會說是傑拉爾德王子？雖然我確實也認為在這時間點，他們很可疑……」

「與陛下敵對的人和傑拉爾德王子有勾結，這個推測如何？」

傑拉爾德是個軍人，但也善於謀略。貝魯侯爵的確與哈迪斯的敵對派系有往來，但在找到那些人之前，貝魯侯爵卻被處理掉，有關哈迪斯的詛咒原以為得以平息，現在又再次爆發。

「說起來，沒有靠山的陛下能那麼年輕當上皇帝，正是因為身邊的人認為『只要那麼做，詛咒就會消失』吧。這前提若是崩壞，陛下會被認為是詛咒的元凶，會有人為了消滅詛咒而試圖奪取他的性命。」

「……代表皇太子派的勢力會增加吧。這可能是傑拉爾德王子為了在背後推動皇太子派的舉動，吉兒在懷疑的是這點吧？」

事實上，吉兒所知的未來中，傑拉爾德煽動反皇帝派，也為了取得情報而利用他們。為了削減拉維帝國的國力，那是非常合理的戰略。

「不過，實際上怎麼樣呢？詛咒是否並非捏造，而是真的存在？」

齊克提出了直搗本質的問題。卡米拉表示同感點了點頭。

「貝魯侯爵的死法一點也不尋常，這點毫無疑問。」

「詳細狀況我不清楚，但陛下說只要有我在，就能平息詛咒。」

還是把事情告訴這兩人吧。吉兒將拉維以及接受祝福的事，簡單扼要地說了一次，也給他們看了那枚無法取下的龍妃戒指。

卡米拉雙手抱胸，捏了捏皺起的眉間。

「突然說這些，我很難相信……不過也聽說過，皇帝陛下都會向未婚妻候補出謎題。如果他是以能否看見龍神拉維大人的樣貌來判斷，謎底就解開了呢。」

「我對魔力那些事本來就不懂，既然隊長那麼說，我會相信……但那也表示，詛咒確實是存在的，不是嗎？」

「在那之前，還有需要確認的事情才對。詛咒到底是什麼？」

卡米拉的意見，讓坐在椅子上的吉兒抬起頭複述了一遍：

「詛咒是什麼……」

「對，現在都把發生的事歸咎於詛咒，它本身究竟是什麼？為何會因為龍帝結婚就平息呢？再說，既然有詛咒，就會有下詛咒的對象吧？」

「……若把神話假設成真實發生過的事，就是女神克雷托斯的詛咒了？」

齊克說出口的名字，使吉兒打從心裡感到吃驚。卡米拉用手指捲著側臉旁的髮絲，表情一臉嫌惡。

「果然是那樣啊……龍神拉維大人本身也是存在於神話……」

「妻子成為龍神的盾牌，那個情節和現在的狀況幾乎一樣，不能說兩者沒有關係。」

「咦？請等一等，你們在說什麼？」

聽到吉兒的疑問，齊克與卡米拉轉頭互看一眼。看來這對他們而言，是再理所當然不過的傳說故事。

「這麼說來，吉兒來自克雷托斯王國對吧？奇怪，難道你們的傳說跟我們的不一樣？」

「是這樣嗎？我沒有想過這件事……以前，女神與龍神間因為對待人類的方式產生不同意見而對立爭吵，因此將一個大陸分成兩個國家。」

要以愛守護人類？還是要用真理引導人類？

祂們的教導以祝福的形式落實在兩個國家當中。以名為魔力的愛守護，任何作物都能結果的是克雷托斯的大地，以及用名為知識的真理守護，擁有龍在飛舞的是拉維的天空。

「我們在說的，不是經典中記載的那種神話，而是民間流傳的傳說……」

「克雷托斯與拉維原本應該是共同統治大地與天空的夫妻神，這個傳說，我在克雷托斯時也有聽過。」

「沒錯，就是這種民間傳說。因為與女神對立，使得大地的恩惠成為詛咒，聽說拉維的土地以前曾經歷什麼也種不出來的時代。但是因為龍帝娶了擁有強大魔力的妻子——龍妃，她在拉奇亞山脈的山頂施展魔法之盾，成功抵禦了來自女神的大地詛咒。當時的魔法之盾據說就是現在的國境呢。」

只要有龍妃在就能使女神的詛咒消失，這狀況確實與吉兒相同。

「而詛咒失去效果的女神非常憤怒，不過女神以原本的樣貌接近會被盾彈開，於是祂化身成黑色的長槍，讓王國的人從大老遠渡海運過來呢。」

「你說的長槍……是女神的聖槍嗎？是克雷托斯王家代代相傳的那個？」

「原來克雷托斯真的有女神的聖槍啊！我以為和這裡龍帝的天劍一樣，都只是傳說。」

齊克滿心佩服。看來克雷托斯與拉維的情報果然有差異。

「克雷托斯王家的聖槍真實存在，雖然在典禮使用的是仿製品。拉維這裡沒有天劍嗎？」

「據說在幾百年前突然消失了。真想親眼看看聖槍和天劍啊！」

喜歡武器的齊克興致高昂，但吉兒在心中歪著頭沉思。

（還以為陛下在戰場上使用的那把就是天劍……）

可能戰爭還沒開始，所以沒有公開拿出來過吧。卡米拉將話題拉回來。

「會不會是那些傳說，將許多神話與現實摻雜在一起了？在那之後，人們向龍帝夫妻獻上神槍時，龍妃就被刺了。龍妃發現長槍的真實身分是女神後，用天劍貫穿自己的胸膛，將女神幽閉在自己的影子中。結果，雖然魔法之盾隨之消失，但女神也無法回到自己原本的模樣，大地的詛咒因此消失。這就是守護真理的龍妃的故事。」

這是神話。儘管是神話，女神的聖槍真實存在，因為吉兒的確在六年後，被傑拉爾德用那個武器攻擊了。

（……這表示，傑拉爾德王子能夠把真正的女神聖槍帶出來。）

女神的詛咒就是因為他才再次爆發的吧。

齊克大大的嘆了一口氣，把手撐在下顎沉思起來。

「可是那只是神話，沒辦法輕易相信吧。而且詛咒的內容也不同，因為皇太子的連續離奇死亡，彷彿成為皇帝陛下即位的助力一樣。」

「——可是呢，也能這麼想。明明原本沒有詛咒也能成為皇帝的皇子，因此變成被詛咒的皇子遭到孤立，然後成為皇帝。」

若真如拉維所說，即便任何一名皇太子都不需要死，哈迪斯命中也會成為皇帝，那麼皇太子們的連續離奇死亡，就完全是在找麻煩。

「那麼說是沒有錯……這次的事也是朝著對陛下不利的方向進展……」

「而且照神話的發展，詛咒最終的目標是龍妃……就是隊長的性命。那樣就更讓人搞不清楚狀況了，所以確實有魔法之盾嗎？」

「至少我不記得自己做過它。再說，就算我死了，也只會讓克雷托斯王國和拉維帝國的關係有裂痕。但假如目的是要孤立皇帝陛下……」

不過，做出那樣的事，傑拉爾德又能得到什麼好處？雖然能幫助皇太子派，方法未免太過迂迴了。她仔細思考，忽然發現——

（……這麼說來，貝魯堡情殺事件就是在這時期發生的……）

從歷史看來，哈迪斯的肅清在人們心中種下恐懼的種子，加上與皇太子派的對立，哈迪斯與所有人疏遠而孤立了。

現在事情的發展因貝魯侯爵死亡而有所不同，可是傳出起因來自哈迪斯的詛咒，就可能產生同樣的結果。

為何？為了什麼？是誰——不，在這些之前，更該注意的是據說造成貝魯堡情殺事件的人物才對。

「……蘇菲亞小姐在哪裡？」

「咦？啊……她好像與陛下一起去確認貝魯侯爵的身分，應該差不多快回來了吧？」

「就算父親是那樣的人，死了還是會有所感傷吧，讓她單獨靜靜應該比較好。」

齊克說得沒錯，但吉兒心裡卻莫名感到不安。

「我去找她。」

「咦？吉兒，等等……哎呀。」

吉兒才從椅子上跳下，房門便響起了敲門聲。伴隨「打擾了」的聲音，走進門的正是她打算去找的人物。

去開門的卡米拉浮現溫柔的笑容。

「妳回來啦，蘇菲亞小姐，辛苦了。」

「……是。」

「要不要去休息？妳應該累了吧。」

「……不過，我得打聲招呼才行。」

步伐左搖右晃的蘇菲亞穿過卡米拉和齊克之間，往吉兒的方向走去。吉兒看著她的步伐皺起眉頭，將視線往上看去後，瞪大了眼睛。

蘇菲亞眼睛睜得大大的，眼瞳全黑。而且從全身飄散出宛如薄霧般的——難道是魔力嗎？

「危險！」

在卡米拉大叫之前，聚集在蘇菲亞右手的魔力轉變為黑色長槍，在它尖端劃過的那頭，吉兒為了躲避攻擊已經拉開了距離，沒想到蘇菲亞以驚人的速度追上去。

「卡米拉、齊克，小心點！有東西在蘇菲亞小姐體內！」

那不是一個經常跌倒、動作緩慢的女孩會有的行動。揮下黑色長槍的動作、踏出的每步步伐都是身經百戰的軍人才有的動作。然而瞳孔一直呈現放大的蘇菲亞，卻沒看任何地方。

「妳太天真了，丫頭。」

「——是誰？」

蘇菲亞毫無情感地嘴角上揚，轉過了頭。連那樣的動作都很奇怪，彷彿被操縱的人偶。

「是我、是我……我才是……龍帝的……妻子，妳是——冒牌貨。」

卡米拉的箭俐落地射穿蘇菲亞的衣服下襬，想讓她固定在家具上，但蘇菲亞扯破下襬，用力甩開抓住她手臂的齊克，直往前衝。

吉兒一個後空翻，從蘇菲亞背後箝制住她的雙手，沒想到從蘇菲亞手上掉落的黑色長槍自己反轉一圈，將矛頭指向吉兒。

（這把長槍能自己活動啊！難道這傢伙才是本體？）

吉兒將蘇菲亞推向一邊，千鈞一髮地閃過了直擊而來的長槍。然而不知何時起，房間多了另外一個人影，吉兒瞪大雙眼說道：

「陛下！」

哈迪斯準備向倒在地上的蘇菲亞揮下手中的劍。

那把閃著光輝，足以讓黑色長槍遜色的銀白色的劍——她在戰場上看過，是一擊便讓大地龜裂的神器。

而那把劍正毫不遲疑地瞄準著蘇菲亞的心臟，吉兒一蹬地，抱住蘇菲亞躲開哈迪斯的劍，翻滾在地。

「陛下，蘇菲亞小姐被什麼東西操縱了——」

「我要連她一起殺掉。」

面對哈迪斯明確的殺意，吉兒把打算說服他的話吞下肚。她手中的蘇菲亞大笑了出來。

「要殺了我嗎？愛著你的人明明只有我呀！」

「喂，隊長，後面！」

她轉頭，看見剛剛躲開的長槍又朝這裡飛過來，但在它刺中吉兒的背之前，被哈迪斯一把抓住。皮膚灼燒般的惱人焦臭味與煙飄散開來。

「陛下……！」

「——哼哼，我不會讓你逃走的。」

隨著蘇菲亞的呢喃，長槍從哈迪斯的手往手臂上纏繞而去。而融解的黑色霧氣在吉兒眼前轉化為女人的形象，手伸向哈迪斯的臉。

彷彿向戀人依偎而去。

「你只有我呢。」

吉兒從黑色女人背後抓住她的脖子。

雖然看不出眼睛等能判別臉孔的方式，吉兒還是緊盯著她。要說的只有一句話。

「給我消失！」

接著注入魔力。

隨著響亮地「砰」一聲，黑色女人爆裂，黑色汙點朝著地板落下，隨即如蒸發般消失了。

「不見了？」

箭還搭在弦上的卡米拉問道，吉兒點了點頭。

「她的氣息消失了……陛下，您的手受傷了吧？」

「為什麼要救她？妳要是沒掩護她，我就能殺死她了。」

看著哈迪斯冷漠的聲音與眼神，吉兒將蘇菲亞抱得更緊。

「蘇菲亞小姐被什麼東西操縱了，她本人是無辜的。」

「這不是重點，那狡猾的女人現在也還有可能潛伏在她的身體裡。」

「我們應該要先想不傷害蘇菲亞小姐也能對付她的方法才對！」

「做判斷的人是我，並不是妳。」

「那麼請您至少說明事情的來龍去脈！剛剛那是什麼？那把黑色長槍呢？是女神克雷托斯的聖槍嗎？」

「我沒必要說明。夠了，快放開蘇菲亞小姐，這是皇帝的命令。我不會讓她受苦的。」

「那麼，剛剛那個人為什麼說自己是龍妃？她說我是冒牌貨。您的妻子——龍妃應該是我才對。」

哈迪斯連眉頭也沒挑一下，甚至不看吉兒一眼，只是厭惡地緊盯著那把長槍消失的痕跡。於是吉兒提高音量：

「陛下，我應該有過問的權利！」

「……沒想到會聽到這種像是被懷疑劈腿的質問，而且是從根本不愛我的妳口中聽到。」

不知道哈迪斯是否有察覺吉兒無法回話，他退開一步。

「算了，封鎖那東西的行動是首要的事。卡米拉、齊克，你們繼續護衛我的妻子。米哈利，你在嗎？」

米哈利從哈迪斯傳喚的門口現身。

「這是給北方師團的命令。將貝魯堡的所有女性都帶到城堡中，立刻執行。」

「什、什麼？」

「在鎮上發布消息，有個附身在女性身上的怪物混進來了。要特別留意十四歲以上的女性，如果反抗就當場擊殺……在拉維應該沒有女性適合當女神的容器，但要是真的復活就麻煩了。」

聽到哈迪斯低聲如此說道，吉兒倒抽一口氣。

女神克雷托斯無法恢復原本的樣貌。那位女神覺醒的年紀是十四歲。那些事如果不單純只是神話，而是由事實改編的，女神若與龍神一樣會轉生，那麼就像拉維有哈迪斯，女神也一定會有一個人類的容器。

（既然龍神是存在的，那麼女神真的存在也不奇怪。）

狡猾的女人。哈迪斯確實那麼說，那便是證明女神存在的話。

（那麼，那個未滿十四歲的條件是……）

——無法成為女神的容器，絕不會成為女神的女性。那是為了排除女神的條件。

「一律不准有例外，要是反抗就視為叛逆罪。召集的名目是為了避難，讓她們在我的結界內接受監視。把蘇菲亞小姐也帶到那裡。」

「陛下，那麼做會招來居民的反對！現在已經因為詛咒的事鬧得沸沸揚揚了！」

「那又如何，不殺人妳就沒意見了吧。這麼做已經對妳有所讓步，因為我決定順從妻子。」

哈迪斯用不容反對的語氣說完後，轉身離開。

和那個下令虐殺的戰場時一樣。他的金色眼瞳，連吉兒都沒有映入其中。

「說什麼順從妻子，那個笨蛋丈夫！明明一點都不想跟我說話……！」

吉兒一個人在床上，舉起柔軟的枕頭往下揮。她知道自己只是拿枕頭出氣，但滿肚的怒意無法消散。

時間來到深夜。哈迪斯在那之後，甚至晚餐時也沒有現身。因為聲稱要讓居民避難，因此即便到了深夜，大家還是忙碌地來回奔走。那些事情，吉兒完全排拒在外，無法參與。蘇菲亞也被帶到哈迪斯指定的地方避難。

（……我有不好的預感。應該說只有不好的預感。）

她抱著枕頭，橫躺到床上。為了以防有什麼突發狀況，沒有換睡衣。

可能是詛咒、女神或黑色長槍，總之現在有某個東西會攻擊過來。若相信哈迪斯所說，表示它會附身並操縱十四歲以上的女性。

因此，哈迪斯把所有能找到的女性全都關進城內監視的策略，其實非常簡單明確。

（……但它能以黑色長槍的型態行動吧？也就表示那是魔力的凝聚體，不但會附身於人，還有自己的意識？）

擁有意識的武器，怎麼想都像是女神克雷托斯的聖槍啊。

若是如此，就能理解它宣稱自己是龍帝之妻的原因了。

「如果『女神克雷托斯與龍帝拉維應該是夫妻神』這個傳說是正確的……就表示我被捲入這場是非了？」

饒了我吧。她長長地嘆了一口氣。不過，把纏著哈迪斯的東西趕走的人就是吉兒，既然她出手了，就必定會被視為敵人吧。

（我太心急了，為什麼沒有稍微思考後再行動呢……）

——從根本不愛我的妳口中聽到。

他說得沒錯，那麼她為什麼會出手？倘若只想救蘇菲亞，她只要看著哈迪斯把那個黑色的東西趕走就好了。

然而她卻——能得出的結論只有一個。

（我要冷靜點，他哪裡好？會吐血昏倒，以周遭的評價還有身為男性的可靠度來看，傑拉爾德王子還比他好。雖然不想承認。）

不過他做的料理很好吃，會為她削兔子蘋果。即便遭痛罵也實現了吉兒的願望。渴望著愛。

他希望她不是部下，而是能與她當真正的夫妻。

（……也就是說，我有所期待嗎？）

希望這次能夠不是被利用而結束一生，而是能擁有互相幫助又彼此支持的戀情——即便現在是這種狀況。

「……話說回來，陛下救了我，還沒有向他道謝。」

他手上的傷沒問題吧？有好好治療傷口嗎？一想到這些，她開始坐立難安。

首先去找他講話吧，就算行不通，至少也要向他道謝。想到這裡，吉兒便起身下床。若哈迪斯已經就寢，再回來就好。

最重要的是，她想確認自己的心情，否則無法下定結論。

她穿上平時的上衣，推開寢室大門，發現那裡站著一個人影。

「陛下？」

瞪大眼睛的吉兒看到的是和自己一樣吃驚的哈迪斯，他倒抽一口氣僵在原地。看來他站在寢室門前一陣子了。

「……有什麼事嗎？」

「……妳、妳才是。」

「真是～你在做什麼啦，小姑娘起來真是太好啦！好了，快點道歉！」

突然從哈迪斯身後飛出來的拉維，用尾巴拍了拍他的後腦勺。

「什麼道歉……我的判斷又沒有錯。」

「好啦，乖乖道歉嘛，這種時候不管三七二十一，先道歉就對了！你長得好看，營造個氣氛蒙混過去就好！」

當吉兒正想著「這種話居然當著本人面前說」的同時，哈迪斯倏地轉過身去。

「這種方式我無法苟同。」

「你的優點只有長相而已，不要在這種時候裝成熟！」

「真沒禮貌，我一直都很成熟，所以我並沒有錯。」

「……那麼，您是為了什麼事來找我呢？」

吉兒的話讓哈迪斯露出膽怯的表情。在哈迪斯肩上的拉維嘆了口氣。

「對我說話那麼強勢地回嘴……在小姑娘面前就變成這樣了。」

「祢好煩啊，拉維……我並沒有錯，說的話也沒有錯。可是……」

哈迪斯原本維持著皇帝身分的那個冷漠眼神，突然消退了。

「……要是被妳討厭……………………那麼妳想怎麼做啊？」

「現在換成惱羞成怒啊……」

「……陛下，請把您的手給我看看。」

吉兒認為得把這對話做個了結才行，於是拉起心情擅自百轉千迴的哈迪斯的左手。那隻為了保護吉兒抓住黑色長槍的左手，留下了明顯燒傷的痕跡。

「傷口已經處理過了嗎？」

「又、又不會痛……反正明天就會好了。」

「不是那個問題，而且怎麼可能不痛呢？——您的手明明那麼漂亮。」
感到躁動不安的哈迪斯在聽到吉兒低聲那麼說後，終於停下了來。
「……妳、妳在生氣……嗎？」
「至少要塗藥膏，還有綁上繃帶……請進來吧。」
她打開門，拉著他的手要進房裡，但哈迪斯一動也不動。
「……請妳現在不要對我那麼好，我會不知道該怎麼辦。」
哈迪斯的語氣在最後變得軟弱，讓吉兒聽了火大。
「若是這樣，請陛下也不要輕易來道歉。」
「我、我不是來道歉的，只是……」
「只是什麼呢？既然您是皇帝，請貫徹皇帝的作風……陛下所做的大概都是不想被我討厭和想被我喜歡，這種操弄人心的事……！」
「操、操弄？操弄妳嗎？等等，我不懂妳的意思——」
「說什麼要讓我喜歡上你，請別開玩笑了。你以為我沒發現嗎？——你從來沒有叫過我的名字啊！」
哈迪斯睜大金色的雙眼，起伏著肩膀喘氣的吉兒真想咂嘴。
形式上的夫妻。想要跨越那一條線的人究竟是誰，這下不得而知了。
拉維從上頭傳來的聲音打破了沉默。
「小姑娘，那是——」

「拉維，別說了，沒關係。」

聽到他那豁然的語氣，吉兒感到氣憤，於是看向他別開的臉。不過在看到哈迪斯的臉後，她那股氣勢消失了。

「……妳說得沒錯，別喜歡上我這種人。就如同我也不會喜歡上妳——只要喜歡上，就是地獄的開端。」

哈迪斯從吉兒的面前退開一步。她認為那不是拒絕。

那是他夢想的閉幕，也拉開現實的序幕。

「皇帝陛下！您在這裡嗎？」

走廊傳來士兵的聲音以及數人奔來的腳步聲，哈迪斯將身體轉向他們的方向。

「這麼晚了，什麼事？」

「貝魯堡的鎮上起火了，風勢很強，火勢延燒得很快，當中有部分居民認為是皇帝陛下的詛咒，發起暴動往這裡來了。」

「派北方師團去滅火。但城門不能打開，絕不能讓那些女性出城。」

稍慢才抬起頭的吉兒，發現對士兵的長相沒印象。不對，在那之前，巡邏這個樓層的人是米哈利才對，為什麼這些人會比他早——想到這裡的同時，她發現其中一人藏在背後的手裡，正拿著短劍。

「陛下！他們是……」

「拉維，她拜託你了。」

吉兒伸出手摸到的，是一堵看不見的牆。同時，哈迪斯以連吉兒都來不及看清楚的速度，從腰間拔出了劍。

等她回神，已經有三人被斬倒在地。

「噫……詛、詛咒，果然是皇帝的詛咒啊！」

「別、別說了，快逃，先去找女人們……！」

其餘的人倉皇逃了出去。哈迪斯並未追上去，持劍喃喃說道：

「人明明都還活著，只要帶著他們一起逃走就好……什麼事都推給詛咒，真是方便。」

「……還給我。」

倒下的男人抓住哈迪斯的腳。哈迪斯面無表情地往下看著他。

「我不會……讓妻子成為……祭品……」

「不是說明過，這是為了保護大家嗎？也是，你們沒有理由相信被詛咒的皇帝所說的話。」

哈迪斯冷漠地說完，甩開那男人的手。米哈利似乎終於察覺到騷動，從走廊轉角飛奔而來。

「皇帝陛下，剛剛的叫聲……這、這就是賊人嗎？」

「應該是鎮上的居民。大概是為了帶回那些女性偷偷潛進來——鎮上著火的事是真的嗎？」

「啊，是的！另外……因為居民們正朝城堡過來……請陛下帶著吉兒小姐去避難比較好。」

「當然不行，他們想要取的是我的首級啊。」

哈迪斯露出的淺笑，讓米哈利說不出話。

那是皇帝的表情。凡是所見者都為之陶醉、為之敬畏、為之臣服的姿態。

「我已經讓妻子躲到安全的地方了，阻止暴動是我的工作。」

「阻止是……打算……」

哈迪斯沒有回答。他跨步踏上沾染血跡的走廊離開。

臉色鐵青的吉兒喊道：

「陛下！——米哈利，卡米拉和齊克呢？請阻止皇帝陛下，這樣下去陛下會……米哈利？」

嘴唇抿得緊緊的米哈利，彷彿沒聽到吉兒的聲音般，確認倒在地上的三人出血狀況後，便取下他們攜帶的武器，將他們綑綁在走廊一角。接著直接追去找哈迪斯。

「他聽不見的，小姑娘。因為妳所在的地方可是龍神拉維大人的結界裡，是世界第一安全的地方。」

吉兒轉向從背後傳來的聲音來源。

那個在空中輕輕飄浮，帶著光輝的龍神一臉困擾的表情說道：

「對不起，我們不能失去妳。」

遠處，小鎮的方向正燃著火光。是能將夜晚的夜色燒焦的紅色火焰。從軍港的城牆就能望見火焰燃燒的模樣，卡米拉比起吃驚，更是呆住了，齊克也安靜地搔搔頭後說道：

「和隊長預測的一樣啊。」

「……就是啊，吉兒究竟是什麼人？」

雖然對決定視為主人侍奉的人抱持這類疑問非常不敬，但他們會有那種想法也無可厚非。傍晚遭怪異長槍襲擊後的吉兒，非但不害怕也沒有要求增加護衛人數，反倒立刻質問卡米拉和齊克。

「『如果要讓水上都市變成火海，會從哪裡點火』啊……吉兒不會就是真正的主謀者吧？」

「若是那樣，她就不會瞞著皇帝陛下差遣我們過來了吧？」

「嗨，怪物小鬼的騎士們。」

語氣一派輕鬆爬上城牆梯子的人是賊人頭目——現在已經完全是北方師團軍人面孔的雨果。

「你們擔心的縱火，犯人已經抓到了。依照約定，功勞是我的。」

「什麼功勞啊，都燒起來了耶！」

「別那麼說嘛，同時有那麼多縱火點，好歹要誇我們幾乎都成功阻止了吧。不過他們縱火的方式，和貝魯侯爵當初指示我們的方式幾乎一模一樣，這點讓人毛骨悚然啊！看來那個小鬼說得沒錯，他可能還活著。」

貝魯侯爵原本可能有計劃要縱火，而雨果可能知道縱火的方式——這也是吉兒說的。

「只有一個地方來不及滅火，而且風勢讓火延燒得很快。原本想在出現死人前滅完火，沒想到被處理因驚慌而發起暴動的居民給耽誤了。」

對雨果的說明，卡米拉感到不可思議地點點頭。火災確實很麻煩，但是這場火災，明顯是為了煽動對皇帝的恐懼或不滿而播下的火種。

「有抓到煽動的人嗎？」

「有，是一群戴著黑斗篷的可疑人士們，已經引導他們逃到這裡了。這下北方師團就能獲得高度評價——我是很想那麼說啦，但居民們拿著斧頭和菜刀之類的東西往城堡去了，得趕過去那裡保護皇帝陛下才行。」

「你看起來太冷靜了，該不會想背叛吧？」

面對齊克逼問的態度，雨果只是輕輕聳肩。

「我可是習慣冒險或面對修羅場的人生了。再說，我認為我們同樣都是皇帝陛下救過的人。當我被派到北方師團時，真的認為這皇帝是個笨蛋。因為就算北方師團再缺人手，也輪不到我們才對啊。」

卡米拉內心也對那些事感到吃驚。高高在上的人總是動不動就打破約定，更別說是對底層的人的約定，他們幾乎都不會記得。

然而這國家當中最尊貴的人，卻確實遵守了約定。

「這是我回來過正派人生的機會，所以拿多少薪水就做多少工作。而且直覺告訴我，只有皇帝陛下也就算了，最好別跟那個小鬼對立。現在真的發生暴動，鎮上也差點燒成一片火海呢！她能看見未來嗎？真是太恐怖了。」

「但還沒有完全阻止呢！」

暴動正在進行，火也還沒撲滅。聽到卡米拉的話，雨果點點頭。

「是啊，而且阻止暴動、確保鎮上平安後，事情也還沒結束。依據皇帝對暴動的處置，可能會使他走上殘暴皇帝之路。哎呀，真是期待啊～」

「你這人啊……你是北方師團的人吧，要相信皇帝陛下啊！」

「先別聊這些了，那個克雷托斯的王太子怎麼樣了？」

齊克這麼一問，雨果的臉色變了。

「我們並未找到他持有黑色長槍的證據。不過已確保看守和其他提供證詞者的人身安全。」

「我知道了。現在起，就由我們執行龍妃殿下的命令，北方師團則負責保護城鎮。」

「了解。我原本是要襲擊的那方，現在反而在滅火，人生真是有趣啊！」

雨果突然轉移視線。視線那頭是延燒的火焰以及正在滅火的人們，另外還有認為抹除心中恐懼比起撲滅眼前火勢更重要的居民，正拿著武器前往城堡前的大馬路集結。

「皇帝陛下真是好心沒好報啊，明明想守護城鎮，沒想到所有事都事與願違。」

「……是啊，要是沒有詛咒那種東西就好了……」

「可是，若能在接下來逆轉情勢，說不定就能成為名君了。我們現在說不定正處在歷史分歧點的瞬間，所以得想辦法活著才能見證這一切啊！」

把想說的說完，雨果就因部下叫喚而離開了。

靜靜地送走雨果後，齊克先開口：

「我們確實不知道那個皇帝陛下各方面的底細，但歷史分歧點的瞬間真的會發生嗎？」

「那種事，都是以後看到結果的人擅自決定的吧？」

「說得也是。」齊克俐落地點頭答道。看到他的眼神變得銳利，卡米拉站了起來。

卡米拉與齊克監視的是停在軍港另一頭，克雷托斯王太子住宿的船隻。煽動暴動的人一定會逃進那裡。為了追這條線索，卡米拉他們潛入這艘他國的王太子所搭乘的船隻當中。

這是宛如走鋼索般的危險作戰。不過，對方因為要煽動城鎮與護衛王太子而人手不足，得趁這個機會控制住這艘他國王太子逃跑用的船。

「有人來了喔，和隊長計劃的一樣。」

「我的天啊，吉兒到底是什麼人物？」

有幾個人影從城鎮的方向跑過來。如同雨果所說，那群可疑的人為了不讓別人看見自己的樣貌，都戴著斗篷。

開始找那個龍妃殿下要找的人吧！他們曾看過他一次，應該不會看漏。

「——在那裡，是貝魯侯爵。」

「我是相信隊長所說的話……但沒想到他真的活著啊。」

卡米拉架起弓箭，把聲音放得更低：

「而且王太子也和他在一起耶？這狀況真是糟糕透了。」

「沒想到那個王子殿下工作挺勤快的——是打算在港口點火吧。」

那一行人開始準備油與火把，看來他們的計畫是為了不讓居民從港口逃走，然後再趁那個時機點自己逃走。

「就算王子殿下在場，我們要做的事情還是一樣。畢竟龍妃殿下希望死去的貝魯侯爵能夠復活啊！」

齊克拔出大劍低聲說道。他興致勃勃的語調讓卡米拉愣住了。

「不能讓王太子受傷喔。畢竟我們來這裡，只是為了逮捕煽動城鎮那些人的背後主使者貝魯侯爵，也被交代要做出『王太子殿下只是被騙，要保護他』的樣子。要是貝魯侯爵遭到帶走，我們等同血本無歸，不要隨便與他敵對。」

「要上嘍，等那些傢伙點火就行動。」

「聽我說啊。」

卡米拉嘴上雖然抱怨，她的眼睛沒有離開過那一行人。

要是他們在這裡點火，就能讓事態成為龍妃殿下的騎士阻止了在城鎮縱火的賊人，能以現行犯逮捕他們。而且他國的王太子也牽涉其中，便是必須解決的問題。不過那個少女既然會下這道命令，代表她已經有承擔這些責任的覺悟吧。

她年紀雖小，但身為龍妃，打算與負有神童之名的克雷托斯王太子交手。

棒透了。

「我不聽。那個王太子是敵人，我的直覺這樣說的。」

「真難得你會說什麼直覺呢。」

「我前世可能被他殺掉了吧！」

儘管卡米拉覺得齊克說的話很蠢，也沒打算放過王太子。

他將弓拉滿，嘴唇彎成一道弧線。

「真巧呢，我也那麼想。」

聽得見聲音，也能摸得到地板和門。可是沒有人看得見吉兒的身影，聲音也傳不出去。無法使用魔力。

拉維沒有阻止吉兒走向城堡的陽台。鎮上在燃燒，漸漸染紅。失去理智的喊叫聲連她這裡都聽得見。那是戰爭要爆發的徵兆。

「——拉維大人！請放我出去！」

拉維與轉過頭來的吉兒保持一點距離，浮在空中。

「不可以。」

「但是，這樣下去陛下他……！」

「妳不必擔心哈迪斯。那傢伙若是有心，能轉眼把這個城鎮燒成灰燼。」
「要是那麼做，陛下往後只會更加受到孤立，變成那樣也無所謂嗎？」
拉維沒有回答。吉兒咬著嘴唇，手扶在額頭上。
（冷靜點，拉維大人已經知道陛下接下來會怎麼做。得說服祂才行，不然就糟了……！）
一定有破口。拉維一直想辦法拉近吉兒和哈迪斯之間的距離。
那必定是因為不希望哈迪斯變成孤單一人。
「——我已經派卡米拉和齊克去找貝魯侯爵了。」
拉維眨了眨眼睛，看來這是祂意料之外的事。吉兒趁勢說下去。
「之前說過只要有我在，詛咒就不會發生吧？這次事情發生的時機點太剛好了。那把黑色長槍——就算它是起因，既然它只能操縱女性，就不可能操縱貝魯侯爵讓自己自殺。由蘇菲亞小姐是在前往確認貝魯侯爵的死亡後遭到附身來判斷，我認為貝魯侯爵假死的可能性很高。」
「……真了不起，妳居然僅靠這些線索就掌握那麼多狀況呢。」
「因為我已經知道傑拉爾德王太子會設下一些陷阱……大概會打算趁這場混亂把貝魯侯爵解決掉或讓他逃走吧。既然如此，只要讓大家看到貝魯侯爵還活著，就能證明這場騷動與陛下的詛咒無關，而是被設計的。」
「但我覺得沒有人會聽這些。不管怎麼說，既然那把長槍已經帶過來，只會持續出現像蘇菲亞小姐那樣的狀況，難以應付。」
在空中的拉維從露台悠悠地飄進房裡，吉兒追了上去。

「那麼，請詳細說明，我會想對策的！那把黑色長槍就是女神克雷托斯的聖槍嗎？」

「沒錯，正確地說，那是女神的一部分。它和我是一樣的產物。因為妳成為新娘讓哈迪斯的守護力量變強，八成是擔心難以對他出手而著急起來，才來試探妳的力量吧！」

吉兒沒想到會是這樣的答案，她停下腳步。拉維一個回身轉向她。

「克雷托斯有流傳關於拉奇亞山脈的魔法之盾的故事嗎？」

「……我從卡米拉他們那裡聽說了。」

「那事情就好說了。無法恢復原本樣貌的女神克雷托斯，為了讓自己轉生——正在尋找適合的容器試圖復活。條件是十四歲以上的女性。不過即便不是適合的容器，只要是十四歲以上的女性都還是能操縱。蘇菲亞小姐就是後者。而小姑娘妳呢，就是能從女神克雷托斯的愛中保護哈迪斯的魔法之盾。」

嗯？吉兒不禁皺起眉頭。

「……愛？」

「對，是愛唷！克雷托斯是愛的女神。祂認為只要為了愛，不管做什麼都無所謂。而我是真理的龍神，不認為打著愛的名義就能為所欲為。」

拉維一邊在房間中央的椅子坐下一邊接著說：

「女神克雷托斯的目的是與龍帝結為夫妻。」

吉兒的手指按著眉間思考了幾秒鐘。

「……也就是說，只要拉維大人和那把長槍結婚，事情就能解決了嗎？」

「哦！居然跳到要把我賣掉啊～不過很遺憾，對象得是龍帝，也就是哈迪斯。我是龍神，是成為龍帝之人的守護神，或者說是武器。」

「那麼是不是讓陛下和那把長槍結婚就可以了？長槍可以裝飾起來就好吧？」

拉維對提出草率提案的吉兒露出苦笑。

「怎麼可能那樣就解決。克雷托斯的忌妒心極度深厚喔，她想獲得哈迪斯的全部。那可能會導致拉維帝國滅亡，甚至會讓這塊大陸上的女人全部消滅呢！」

「為什麼她會那麼極端？」

「所以我說了，祂認為只要有愛就能為所欲為。順道提醒，我認為就算哈迪斯願意接受祂，妳還是會死喔！妳認為祂會容許前妻存在嗎？」

不會。神明總是無情的。

「……我同意現狀不可能好好說服祂。但把我關在這裡又有什麼幫助？」

「就是說啊～我也那麼想呢！」

「什麼？」

原本哈哈笑著的拉維，換上一本正經的表情。吉兒不自覺跟著正襟危坐。

「……我是龍神，是真理之神。所以不會犯相同的錯誤，但對方可不同，哈迪斯應該也深知這點。小姑娘，來複習神話。妳知道假如被化身為黑色長槍的女神入侵，要怎麼擊退祂嗎？」

「怎麼擊退……在神話裡，龍妃用天劍刺穿自己來封印女神……咦？」

「女神克雷托斯一定會攻擊妳，祂就是那樣的女神。祂絕對找得到戴著龍妃戒指的妳。」

她不禁看向金色戒指。

（原來「記號」是這個意思啊！）

拉維的身體輪廓忽然放大。看著祂光滑的肢體逐漸變成閃著白色光輝的銀色刀身，吉兒驚訝地屏息。

那把武器是什麼，不需要說明她也知道。

——那是龍帝的天劍，是能與女神的聖槍匹敵、獨一無二的神器。

『這正是千載難逢的機會啊，妳懂吧？』

拉維的聲音在腦中響起。雖然看不到那對小小的眼睛，但銀白色的劍尖彷彿直視著吉兒，直指著她的喉嚨。

原來如此，吉兒笑道。她沒顯露其實自己背上冷汗直流，擺出無謂的表情說道：

「意思是要連同我一起斬殺女神吧——所以你們一開始就是那麼打算，才選我當龍妃嗎？」

『不是——這麼回答就是謊話了。至少我有設想過這樣的事態發展。』

帶著自嘲語氣回答的拉維與稍早哈迪斯的身影重疊起來。那個叫自己不要喜歡上他的背影也是這副模樣。

「既然如此，為什麼還要保護我呢？」

真理的龍神沉默了。要從這裡離開只能說服祂，吉兒接著說下去。

「讓我待在這裡面保護，與讓我當女神的誘餌，兩者是矛盾的。」

『……可能是為了要惹女神生氣才保護妳啊。』

「如果是那樣，不必擔心，我已經惹怒祂了。請解開結界，這樣女神就會來攻擊我。根本沒必要把我關起來，為什麼不放我出去呢？」

『妳認為是為什麼呢？』

「那是我想問的——」

吉兒忽然閃過一個念頭，於是停下了質問。

不懂戀愛和愛情——那個曾那麼說過的龍帝，難道……

『那傢伙很蠢吧。他一定知道，眼前有這麼一個非常容易就能殺女神的方式。』

「……」

『他打算怎麼做呢？他一定知道連我都不帶就與聖槍交戰，不可能輕易戰勝。話說回來，讓妳成為新娘的理由是什麼？正是為了把妳作為誘餌，成為抵禦女神的盾牌啊！』

沒錯，哈迪斯的行動很不對勁。他若真心要利用吉兒，現在正是時候。

『他自己沒察覺啊。』

身為守護者的龍神，以能斬斷一切事物的劍的樣貌溫柔地說道。

『不過，不能連我也像他一樣吧，我得保護那個笨蛋才行。』

「——既然如此，更應該放我出去！」

劍尖彷彿警戒著站起身的吉兒，更加接近她了。

『不可以，我們已經知道妳不是普通的女孩。如果妳認真逃走，要追回來也得費一番工夫，所以我才答應讓妳待在結界裡。』

「我不會逃，我要去擊退女神。」

『不可能，能與女神的聖槍匹敵的只有龍帝的天劍而已。』

「那就讓我使用您不就好了！」

劍似乎稍有猶豫，但立刻反駁道：

『那還是不行。不對，妳擁有龐大的魔力，在某種程度上應該能使用我，可是除了這點，要戰勝女神的條件——』

「別囉嗦了，快走吧！」

吉兒著急地怒吼後，將天劍抓在手裡。天劍因為感到吃驚，刀身強烈地左右晃動。

「沒時間了！不能再這樣耗下去！只要打倒女神就可以吧！那樣一切就會解決了！」

『妳、妳的結論太隨便了吧！』

「我知道未來的事！」

原本躁動的天劍——拉維忽然停住了。

「即便貝魯堡毀滅，事情也不會結束。皇太子派與傑拉爾德王子勾結，把陛下逼入絕境。若沒有在這裡解決一切事情，總有一天會與克雷托斯開戰。陛下明明為了保護國家，反倒與身邊的人愈來愈疏遠。祢能接受這樣的未來嗎？」

『……』

「我要在這裡阻止一切，祢不相信也無所謂。如果我輸給女神，就從背後刺穿我！」

「不過——」吉兒看著手上握著的拉維。

「在那之前互相合作吧。」

『……那樣真的好嗎？我們可是打算把妳當誘餌耶！』

「那樣反而更好！」

拉維可能嚇到傻住而安分下來。吉兒反倒趁勢將自己的怒意全都吐露出來。

「為什麼不利用我到最後啊？那已是家常便飯，馬上就可以捨棄掉！為什麼打算保護我——不是因為想利用我當誘餌生氣，而是在氣為什麼沒叫我去幫他啊！」

她將不吭聲的拉維拿在手上，然後回到露台。

居民們搬運著圓木聚集到城門前，應該是打算撞破城門而入吧。攻破城門後，應該就會出現傷亡了，趁現在還來得及。

「……小姑娘，妳該不會對哈迪斯……」

「我很生氣。他說了『狡猾的女人』吧？居然那麼親密。」

『不、不對，他很討厭祂！因為從小對他而言就很困擾！』

「他們相處了很長時間嘛。陛下也說過，愛與恨只有一線之隔。事實就是他現在連看都不看我了。」

拉維選擇沉默以對，這是正確的判斷。

現在無論說什麼都會惹她生氣。

（——啊啊，真是的，我為什麼要決定自己不能先喜歡上他啊？）

明明還不知道他是否是個能夠戀愛的好對象。

不過，因為喜歡他所以要去救他。才不會讓神插嘴。

『……那個，哈迪斯沒有叫過妳的名字，是因為想減少讓女神察覺到妳存在的可能性。』

「難怪女神才親自來殺我啊，能明白那種心情。」

『那傢伙其實很想叫妳的名字，我也一樣喔。』

看來他們不明白，那麼做只會惹女神更加憤怒。不管是神還是皇帝，男人真的都無藥可救。

而對那種愚蠢行為感到可愛的自己，也相當無藥可救吧。

——為什麼我明明有父親大人、母親大人，也有手足，但他們都不在身邊呢？

對於某天哈迪斯的詢問，那個自他出生起便唯一在身邊的龍神這麼回答。

——對不起，你會變成現在這樣都是我害的。因為你是我的轉世，要為我做過的事善後。

哈迪斯為了不想再讓拉維道歉，於是決定這麼想。

這一定是因為女神的錯。以愛為名的詛咒，將哈迪斯身邊的人都奪走。所以只要想辦法解開詛咒就好，大家都沒有錯。

為了迎接解開詛咒那天，為了成為了不起的皇帝，他決定努力學習。讓自己強大到足以從女神手上保護大家，那便是自己生存的意義。

大家都看不到養育自己的人，他決不能讓祂傷心。

有時，偷偷躲過拉維視線來看哈迪斯的女神會笑他。

——會有需要你的人嗎？會有愛你的人出現嗎？其實你心裡有數吧？因為你瞧，身邊一個人也沒有。無論是現在或是未來，打從心裡愛著你的人只有我而已。

拉維會把祂趕走，叫哈迪斯不要聽信那些話。

——沒問題的，只要你找到龍妃，那傢伙就不會再來了。在那之前我會陪在你身邊，不要被祂說服。不要順服於情愛而忘記真理。

所以哈迪斯點頭答應。為了不讓拉維擔心，以燦爛的笑容回應。

即便他第一次見到父親時，父親從寶座上跌落，拜託他說：「不要殺我！」即便他的手足們懼怕得不敢與他相視。即便他的母親在眼前自刎，血噴濺到他臉上時，都維持著皇帝的架勢毅然決然地應對。他都說：「沒問題，還不能放棄，一定會有美好的未來。」並對拉維露出笑容。

然而，每次女神也笑著。

——我愛你。就算其他人不愛你，只有我愛著你啊！我不會將你交給任何人。所以，只要看著我就好，這樣我就能讓你解脫。因為我懂你，連龍神也不了解的那個真正的你，只有我知道。

——你其實只是假裝相信會有燦爛的未來而已。

——把那個說要讓你幸福的小女孩當誘餌，真是無情。

若說有誰會願意愛著這樣的你，除了我沒有別人了。欸，你應該也發現了吧？無論怎麼做都無法逃離我。

即便女神沒有現身，也總是躲藏在哈迪斯內心的黑暗之中，興致盎然地對他笑著。

（啊啊，沒有錯。最終願意愛著我的人，只有祂了。皇兄其實很討厭我，沒有人需要我，沒有人對我有期望，甚至沒人希望我活著……）

——請告訴他們，您有我在！

彷彿氣泡破掉般，哈迪斯的意識被拉回現實。為什麼要把她關起來？他忽然對自己起了這個疑問。

（……不，因為現在還不能失去她，對吧？）

這次的騷動十之八九是擁有女神血脈的傑拉爾德王子守護著女神的聖槍，將其實際運到這裡的關係。既然有龍妃在，女神本人無法穿過魔法之盾——國境。

因此他將她關進拉維的結界中。

但聰明如她，應該已經發現自己被當成誘餌利用。

現在與其在意她是否喜歡自己，不如說應該被討厭了，他心裡隱約這麼想。那是當然的，那樣也好。反正一開始就知道事情會發展成這樣。他對於那個曾在一瞬間有所期待的自己感到非常不可思議。

即便如此，還是得拘束她，畢竟找不到像她那麼優秀的人了。總之得先想辦法解決女神。自己的判斷沒有錯。

不過既然要那麼做，為什麼還要保護她那會遭女神的聖槍瞄準的嬌小背影呢？

那時自己持有拉維——龍帝的天劍。若當時趁她被女神襲擊後斬殺，女神只要沒復活，大概會有很長一段時間無法動彈才對。

現在也是，比起讓拉維保護她，應該有更好的利用方式才對吧？

「……我想不通呢。」

怒吼聲淹沒他的喃喃自語。居民正打算破壞緊閉的城門。在城堡正中央坐鎮的哈迪斯，從可以將城鎮一覽無遺的高處露台俯視。

女人被奪走了，我們要搶回來。

龍帝想用詛咒毀滅國家，我們要保護國家。

殺了他、殺了他，不需要那種皇帝，沒有人希望他當皇帝。快點死吧，去死吧。

（即便如此，我還是皇帝。否則這個國家會失去龍神護佑，受到女神蹂躪。若變成那樣，拉維一定會不惜降神格，也要拯救這個國家……）

我明明知道——心裡某處卻有個聲音低喃著：「不如把所有人都殺了。」

無論是什麼樣的存在，哈迪斯就是龍帝，是皇帝。那麼他想怎麼做都行，既然對方說不需要自己，那麼他也不需要對方。就這樣把那些人都捨棄，又有哪裡不對？

——拉維，我還要假裝相信未來到什麼時候？

把這句話說出口時，一定就是最後一刻了。

「……真不幸啊。」

他的臉上浮現苦笑。那是對自己，也是對自己治理的國家與人民的苦笑。

「喂，皇帝陛下，你怎麼還在這裡！」

「讓北方師團撤出去，城堡裡留下我一人就夠了。」

「啥？」

態度仍然如以往沒禮貌的雨果，表情一臉驚訝。應該是米哈利無法抽身，所以拜託他來找哈迪斯。

（不能把他們牽連進來。）

他突然有了這個念頭，就像是良心的碎片。

對，自己——直到最後的最後，即便只剩下他一人，也要佇立在這。

不被任何人所愛，也不愛上任何人，直到擊斃女神那天。

「所有人轉移至軍港……居民也不會對軍人出手吧。」

正是為此才利用她當誘餌——啊，不對。如果讓她成為誘餌，她會……

他覺得胸口好痛。這麼說來，今天沒有喝滋補的藥湯，現在也已經過了該睡的時間，明天的身體狀況一定糟糕透頂。

然而，與接下來要被奪走性命的他們相比，那種痛苦根本沒什麼。

「喂，等等，那麼你會怎麼樣？」

「不要緊，不必管我。」

「啪嘰」的聲音響起，是城門破裂的聲音。他閉上眼睛，再睜開。到此為止了。

已經沒有阻止他們的方法了。

若要說詛咒，這個現實才是詛咒。

「我是個怪物。」

他這麼自言自語後才突然想起，最近自己都沒有這麼說了。

（對了，上次是在船被襲擊時說過，然後她……）

——我說過會讓您幸福的，對吧？

突然，有個巨大聲響從城堡的鐘樓傳出。

哈迪斯睜大眼睛看過去。

那是能讓凝滯的空氣消散，澄澈悅耳的鐘聲。那聲響化解了喧囂與憎惡，在城鎮中迴盪。彷彿正叫喚人們不要犯錯、恢復理智，是來自靈魂的聲音。

是直達人們鼓膜，震盪心靈的美妙之聲。

「給我出來，女神克雷托斯！」

那聲音宛如要蓋過鐘聲般響亮。

「喂喂。」雨果往前踏出一步。所有人停下正在打鬥的雙手與叫罵聲等一切動作往上看著那女孩。

隨著燃燒的熱風飄動的髮絲、嬌小的身軀，還有一雙正直且堅定的紫色眼瞳。

在鐘樓屋頂站著的，是那個原本只是誘餌的少女。

「我是吉兒．薩威爾，龍帝貨真價實的妻子！不要放火燒城鎮、也不要詛咒女人們，妳真正

想要找的人只有我吧！」

吉兒揮舞著龍帝的天劍喊著。

「哈迪斯．提歐斯．拉維是我的人，想要他就光明正大過來搶，我是不會把他交給祢的！」

是的，那時她說了。

「我會保護您。」她偏偏對身為龍帝的他發了誓。

聽到吉兒的宣言後，拉維率先大叫：

『天啊，小姑娘，為什麼要自己先挑釁呀？』

「我這麼說，大家就會知道縱火和陛下的詛咒都是女神的錯啊！」

『妳是認真的啊。』

吉兒握緊聲調哀怨的拉維——天劍，緊盯著港口的方向。

她確信祂一定會來。奉為女神的那個女人，聽到自己渴望得到的男人被別人宣示為所有物，不可能不感到憤怒。

彷彿回應著吉兒的期待，港口的方向有個東西筆直地飛了過來。

『還真的過來了！——小姑娘，妳本來就不是我的使用者，不可能發揮所有本領，頂多只能撐幾分鐘喔！』

「我知道！」

吉兒的眼睛緊盯著突破雲層朝她而來的黑色長槍。

下方有個聲音傳來，是臉色大變的哈迪斯。

「妳為什麼在這裡？拉維到底在幹嘛！」

「少囉嗦，獎賞給我閉嘴等著！」

「獎、獎賞？難道那是說我嗎？我可是皇帝耶！」

「那你就去做好皇帝該做的事！不管對方是女神還是誰，可不准你隨便被其他女人迷惑！你的幸福家庭計畫怎麼樣了？」

她對驚慌失措感到混亂的哈迪斯大喝道：

「你是個比我還強大的男人，給我把計畫完成！」

「——吉兒！」

什麼嘛，他明明記得自己的名字啊。

在她不經意地微笑時，黑色長槍已近在眼前。

她用天劍的劍身擋下長槍尖端，魔力在彼此碰撞後爆炸，光線從鐘樓的塔中照亮整個城鎮。

吉兒踢了屋頂朝空中飛身逃開，黑色長槍果然如她所料追了過來。

（殺氣真是驚人呢。）

吉兒不想讓城鎮受到波及，打算往空中去，對著從她身邊追過的長槍咂嘴。長槍的速度比她還快。

原以為取得上方位置的長槍會直接往下攻擊，沒想到竟然分裂了。

長槍有如星星瞄準吉兒的心臟位置落下，吉兒雖然用天劍的劍身和魔力擋下，卻受到攻擊的力量推著，背朝地落下。

可能因為無法如願以量取勝而心急，長槍以驚人的氣勢增加了。數量幾乎覆蓋整個城鎮。吉兒咂了嘴，展開所有魔力，在城鎮上方布下結界。

落下的長槍宛如煙火在城鎮上空爆炸。

所有人都放下了武器，抬頭看著那幅光景。

（沒錯，看好了！你們的敵人在這裡，不是陛下。）

沒有什麼詛咒，造成大家困擾的只有女神的愛。大家是被肉眼看得見的敵人所攻擊，清醒過來吧！

長槍的數量減少了，大概是放棄集中一處的攻擊方式，改以包圍住吉兒後一起進攻的攻勢。

吉兒重新握住劍，在空中四處飛舞著將它們一一擊落。每一擊都有魔力如星塵碎片般落下。

『妳……妳太厲害了吧，小姑娘……』

「但這樣非常消耗魔力，若不擊敗本體……就不是辦法。」

吉兒隨即轉手將天劍反握，接著把天劍丟了出去。

『欸欸欸欸欸！』拉維的大叫聲隨之遠去，果不其然，黑色長槍認為是攻擊的好時機而集合為一體，朝著空手的吉兒飛馳而去。

「吉兒！」

臉色鐵青的哈迪斯大喊著，她聽了反倒感到暢快。

吉兒雙手抓住朝著自己心臟飛奔而來的長槍，嘴角上揚。

「這情境是第二次了呢，雖然不知道祢記不記得。」

她原本不指望對方會回答，但隱約感受到對方的想法透過雙手傳了過來。

『妳、為什麼、會記得？』

她的雙眼睜大，同時疑惑也獲得解答。

為什麼吉兒的時間倒流了？是女神的力量讓時光倒流的——但以這個回應看來，女神也沒預料到現在的情況。

『為什麼，偏偏是妳當了龍妃！』

吉兒差點就忍不住笑出來。這麼想來，現在這狀況與那晚一模一樣呢。

——來吧，就從現在這一瞬間起重新來過。這次不會再被奪走任何事物。

「沒想到貴為女神大人，也會因為嫉妒而喪失理智，特地渡海來到這裡。」

『還給我、還給我還給我還給我還給我還給我，把那個人還給我！』

「他本來就不是祢的！」

如此大喊的吉兒用兩手高舉正在抵抗的長槍，注入力量。魔力如閃電般發出「啪嘰啪嘰」的聲響散布四周。隨著抵抗的力量增強，傳出的呼喊聲也更大了。

『愛著那個人的，只有我。』

憤怒的吉兒，在握住長槍的雙手中灌注了所有力量。

「開什麼玩笑，那個人會是我！」

「喀鏘」一聲，黑色長槍從中間折斷了。

「如果聽懂了，以後就不准再對別人的丈夫出手！」

接著吉兒氣勢驚人地一扔，將折斷的長槍擲往海平面彼方，也就是克雷托斯王國的方向。長槍劃過夜空，如星星般的光芒消失在夜色遠處。

吉兒肩膀起伏著喘氣，喃喃說道：

「所以說……女人的……忌妒啊……唔！」

當她感到頭暈目眩，已經為時已晚。

（糟糕，魔力使用過度了。）

她因為憤怒錯估了自己的極限，在轉眼間全身失去力量，身體往下墜落。在終於想辦法移動視線時吃了一驚。

有雙黑曜石般的眼瞳看向她，擁有幾乎與那把黑色長槍相同顏色瞳孔的傑拉爾德朝著她飛過來，在空中接住了吉兒。

「真是太優秀了，看來還是要把妳帶回去。如果是妹妹，應該也會接受妳。」

「……唔！」

她想揮拳揍他，身體卻無法動彈。這時，一支箭從傑拉爾德的臉旁擦了過去。

「吉兒！」

是卡米拉。他身邊的是持著大劍的齊克，正從軍港的城牆躍身而來。

「你想幹什麼！」

傑拉爾德的視線看了過去。不可以，吉兒想喊但喊不出聲音。

黑曜石般的眼瞳發光的同時，魔力的凝聚體將齊克彈開。看著部下撞到牆上的身影，這情景自己只能看著，想伸出手卻做不到。

「……用他們的命來交換，妳覺得如何？」

似乎是察覺到吉兒想去救他們兩人，傑拉爾德笑著問道。

（可惡，動起來！再不動起來，又會失去他們。）

然而她搆不到，好不容易覺得抓住救他們的機會了。

「如果妳願意順從我，那點小忙我可以——」

語調溫和的傑拉爾德忽然抬起頭，有股龐大的魔力瞬間從他的背後襲來，傑拉爾德整個人被吹飛而去。

有股溫柔的力量從吉兒背後抱住她，她眨了眨眼。接著就這樣小心地送到地面後，首先看到的是白色龍神的身影。

「唷！小姑娘，剛剛妳把我丟出去時太豪邁了吧，真是多謝。」

「拉維，要聊天晚點再說。」

龍神順從那道沉靜的聲音轉變姿態，成為龍帝的天劍。

上方有一道影子，彷彿要覆蓋那道光輝般籠罩而來。是傑拉爾德。吉兒費力地以不靈活的舌頭喊道：

「陛下！」

右手抱著吉兒，左手握著天劍的哈迪斯連眉毛也文風不動，便彈開傑拉爾德的長槍。劍與長槍立即當場展開激烈交鋒。

吉兒的眼睛勉強追得上哈迪斯與傑拉爾德的交手速度，但周圍的人只看得見狂暴捲起的暴風吧。幸好交戰地點是噴水池廣場，兩人的戰鬥使得這裡無人能接近。

哈迪斯一手還抱著吉兒，只用另一隻手便將傑拉爾德的攻擊都躲開了，甚至開始反擊。然而吉兒對此無法感到高興，原因是哈迪斯的表情。

那已經不只是面無表情，他的眼神沒有光彩，似乎在忍耐著什麼。

（為、為什麼在戰鬥中會露出這樣的表情？）

傑拉爾德咂了嘴。他手上拿著的黑色長槍——不知是聖槍的仿造品，還是歷史悠久的名器，無論是哪種，上面都有傑拉爾德的魔力灌注其中，照理並非一般武器所能匹敵，然而對手可是天劍。理所當然地，長槍愈來愈抵禦不了了。

大概是想一決勝負吧，傑拉爾德往前邁進一大步，哈迪斯只稍稍收起下顎，瞪大銳利的金色眼瞳。

在那瞬間，被風壓吹走的傑拉爾德用手抵住地面。在他正準備撿起滾落在地的長槍時——風壓停下了。

天劍指著傑拉爾德的喉嚨，他的視線透過帶著裂痕的眼鏡鏡片往上看。

「……皇帝陛下打算對我國宣戰嗎？」

「怎麼可能，這次……——」

哈迪斯說到這裡忽然別過臉，肩膀開始抖動起來。吉兒與傑拉爾德都眨了眨眼。

「被、被折斷……女、女神的，長槍……」

「……陛下？」

「請、請代我問候……被折斷的女神。」

看著遮住嘴，死命憋笑的哈迪斯，吉兒傻住了。

難道說，他剛剛一直忍著的是笑意啊？

從天劍的模樣恢復原貌的拉維，也一邊顫抖一邊把臉別過去。

「你、你要注意用詞。別說了，不然會忍不住一直笑，我可是忍很久……被折斷……女神，明明是女神，卻被從中間啪嘰地……！」

「拉、拉維，不可以笑，這、這是很嚴重的事。女、女神被折斷，可是非常嚴重的……原來女神會被折斷啊……？」

「——你們在侮辱我國的女神嗎？」

冒著青筋的傑拉爾德打算站起身，卻遭立刻變身的天劍劍尖指著而停下動作。

「請轉告祂好好休養——下次我不會以妻子為誘餌，會親自當祂的對手。」

「……」

「結婚典禮邀請祂來吧，如果祂能以折斷的樣貌參加就太好了。」

綳著臉的傑拉爾德身體飄浮起來。不只傑拉爾德，軍港的方向也有一些人飄浮起來，都是從克雷托斯王國來的人們。

「引發騷動的人會由我國接管，你儘管安心逃回國吧。既然這次是私底下的拜訪，應該不需要送行吧？」

「什麼……」

「我應該說過了，我跟你的格局不同。」

哈迪斯對著臉頰抽蓄的傑拉爾德大力揮舞天劍。彷彿被那股風壓吹飛，飄起的人們向天色正在轉亮的天空彼端飛了過去。

「……那個，他們去哪裡了？」

「他們應該會落在拉奇亞山脈的山頂附近吧。」

哈迪斯若無其事地回答，但現在正是拉奇亞山脈覆蓋白雪的時期。

（該不會遇難死掉……）

隱密進入拉維帝國的克雷托斯王太子如果就此行蹤不明，可是非常不妙——不過傑拉爾德擁有魔力，應該沒問題。

吉兒在放心後，開始聽見周遭的吵雜聲。

誠惶誠恐的居民們朝他們探出頭，卡米拉也拖著暈過去的貝魯侯爵走了過來。齊克則讓米哈利搭著肩膀站在一起。盡心盡力參與滅火的北方師團笑著向他們揮手。

「雖然出現傷者，但沒有人死亡——妳真了不起。」

「我、我沒做什麼。」

「不，大家看見妳從女神的手中保護這個城鎮，都臣服於妳了。」

如此說道的哈迪斯將吉兒放到地面上。

接著他率先向吉兒下跪。

「希望妳能跟我結婚。」

這番誠摯又打從心裡發出的話語，讓她驚訝地瞪大了眼睛。

那雙金色的美麗眼瞳直率地凝視著吉兒。

「妳可能覺得應該還有其他能說的話，但現在我的心情非常激昂，只能說出這些了。」

哈迪斯帶著些微苦笑歪了歪頭。

他的表情看起來有如揮別了暗夜，正吹著令人感到舒適的海風般，非常美麗又帶著光輝。

沒錯，有如在戰場上她抬頭看見的銀白色魔力。

「吉兒，能答應我嗎？」

聽到憐愛的語氣喚著自己的名字，吉兒深呼吸。

決定不會先喜歡上他，然而不得不承認這件事了。雖然試圖冷靜下來，但心跳聲震耳欲聾，很想知道現在他對自己展露的笑容是否真心，不過還是僅僅因為自己被叫了名字就很開心。

（陛、陛下的心情也是……一樣吧？）

可能是兩情相悅。

光想到這個，臉頰就紅了起來，心情也跟著澎湃不已。
不過，想到自己被瞞著當成誘餌的事，便想稍稍報仇。
吉兒帶著有點遺憾的表情，將臉轉過去後才開口。告白讓她的心臟彷彿快跳出來似的，可是不能被發現。
「……說、說實話……我想分手。」
但是，我對你——
在吉兒準備繼續說下去前，那個身心脆弱的龍帝，心臟停止了跳動。

終章

「我以為死定了。」哈迪斯在床上喃喃自語。

「不，我真的死了。妳殺了龍帝，這可是犯罪，對皇帝利刃相向……」

「我不是道歉了嗎？而且，在沒好好聽完我的話之前就心跳停止，是陛下不對。」

「那妳喜歡我嗎？」

「您要問幾次？我有正式向您告白了吧？」

她吃驚地瞪著哈迪斯，哈迪斯的視線便四處遊走。

「確、確實，妳說了『陛下，我喜歡您，請快點醒來』這些話，我是在花園裡聽到的……不過，我覺得是自己想聽到才產生的幻聽……」

「那是真的，我說了喜歡您。花園的部分是您的幻覺就是了。」

「真的嗎？不是幻聽嗎？妳喜歡我吧？」

「一天要問幾次……請不要用那種表情看著我。對對對，喜歡喔。」

「你們又在吵啦！」

拉維從床邊放著的水果籃中探出臉，靈活地將蘋果頂在頭上，接著移至盤子裡，然後啃了起來。而祂吃下的東西不知會去哪兒，是個神奇的現象。

「因為拉維，吉兒的態度好冷淡！我在書上看到的不是這樣啊！」
「書裡寫的跟現實不一樣，你也該學會這件事了。」
「怎麼這樣……我每晚都夢到自己被吉兒甩了，很煩惱耶……！」
「啊啊……陛下是因為這樣才會每晚死命地緊緊抱住我啊？那樣我睡得很痛苦，希望您別再那樣了。」
「看，就是這個語氣！我覺得很奇怪。妳真的、真的～喜歡我嗎？」
「那陛下呢？」
「咦？」
哈迪斯剛剛為止還高漲的氣勢突然全失，手足無措起來。
「那、那個……當然…………………………喜……喜……」
他便這樣在嘴裡喃喃唸著，似乎想說些什麼卻說不出口，接著又侷促地眨眼，如此重複著的哈迪斯，將被子從頭上蓋住自己，在床上縮成一球。
「……讓我想想帥一點的說法。」
拉維咀嚼著蘋果抬起頭看吉兒。
「看來他沒救了，抱歉啊～」
「不，他的態度非常好懂，而且現在這樣人畜無害，暫時可以安心。」
「妳那個說法太過分了，身為男人很受傷……」
只從被窩裡探出臉的哈迪斯開始耍脾氣了，吉兒決定改變話題，不然等他開始說起「我有心要做也做得到」之類的話反而麻煩。

她已經知道他真的是個想做便能做到的男人。

「陛下，這個很好吃喔，我們一起吃吧。」

她從幾乎將寢室空間占滿的探望禮物中挑出一個，拿到哈迪斯面前。

「數量真多呢，都是居民們送給陛下的慰問品。」

「啊～那個笨蛋，在大家面前被狠狠甩掉，還因此心跳停止，所以大家都非～常同情呢！現在不但被發現身體虛弱，還傳出若不對現任皇帝陛下好一點，他可能就會突然死掉的傳聞。」

「因為天氣變冷，為了預防您感冒，還送來披肩。」

吉兒從慰問品中找到披肩，將它披在坐起身的哈迪斯肩上。哈迪斯驚訝地眨了好幾次眼，嘴角溫柔的綻開笑容。

「……這樣啊，大家擔心我的身體……」

「真是太好了呢，大家都明白詛咒的事並不是陛下的錯。」

貝魯堡沒有燒毀，北方師團與居民們合作無間，開始進行城鎮的修繕作業。關在城堡中的女性們也全數釋放，大家理解那是為了保護大家不受女神詛咒的處置措施。蘇菲亞也完全恢復了精神，將以吉兒的家庭教師身分隨行到帝都。

雖然現在只有貝魯堡信服，但這是很重要的一步。加上貝魯侯爵還活著，便有人開始懷疑皇太子的連續離奇死亡也可能是某種陰謀。儘管貝魯侯爵本人的失勢無法倖免，蘇菲亞對於皇帝陛下願意寬容施以恩赦表達感謝，並表明貝魯侯爵家往後會支持哈迪斯。

（就算只有一點點，只要有逐漸好轉就行。）

唯獨與克雷托斯對立這件事無可奈何，但那也只是在私人範疇，可以說因此避開了開戰的第一步。

「說得也是……不，很奇怪。我被甩了卻反而獲得支持，太奇怪了。」

哈迪斯突然回過神，拉維笑道：

「你知道嗎?這個城鎮的居民，現在對皇帝陛下的期望好像是『希望皇帝能儘快與吉兒小姐結婚，好好成家』唷！」

「……大家支持我，當然很高興，但身為皇帝，人民第一個希望我達成的要求居然是那個，好像不太對……」

「反正去了帝都，這種聲援就會愈來愈少，這樣也很好啊。」

來自帝都的迎接安排，消息終於在昨天傳到貝魯堡。不禁讓人認為，帝都那邊是想等待貝魯堡的事件告一個段落。

「……皇兄不知道會不會對妳的事感到生氣。」

「沒關係喔，只要有這枚戒指，我就是您的妻子。」

無論對外的狀況如何，吉兒就是龍妃。說這話的人正是哈迪斯，但他卻眨著眼睛。

「……妳太堅強了，我又忍不住覺得這些事是不是我在作夢。」

「為什麼要把事情想得那麼複雜？」

「因為妳居然會喜歡我……」

哈迪斯窺視著吉兒假裝鎮定的表情，吉兒回看了他。

「看不出來嗎？」

「……好像看得出來，又好像看不出來……因為妳把女神折斷了，難道有人會為了不喜歡的男人做到那種程度嗎？沒辦法吧！……啊，難道妳是打算用那種方式玩弄我的心意嗎……？」

「陛下，吃藥的時間到了。」

「妳的態度果然比之前冷淡很多！」

那是當然。為了不過度縱容他，吉兒在言行上都相當注意。

「拉維，祢認為呢？吉兒真的喜歡我嗎？」

「我才不陪你玩猜謎遊戲，真是蠢。我要去外面吃，這個笨蛋就交給妳照顧了。」

「祢……要是拋棄我，就會把祢像女神的聖槍一樣折成兩半喔！」

「才不會被折斷，我可是真理的龍神耶！才不會輸給無法以真理解釋的事，我跟會因為愛而折服（註：物理上的折斷之外，也有心理上的屈服之意）的女神不同。」

這個從意料之外的方向出現的攻擊，讓吉兒不禁愣住。

哈迪斯一點也不遲頓，隨即把視線從窗外消失的拉維身上轉回來。

來不及裝出平靜表情的吉兒，臉頰稍微一抽，只能希望沒被他看見。

然而，那雙金色眼瞳彷彿想看穿吉兒的一切般持續觀察著她。

「……」

「……」

「……那個，陛下。已經差不多是休息時間了……」

「吉兒，妳對我沒叫妳的名字生氣，難道妳不叫我的名字，也是因為同樣的理由嗎？——為了不墜入情網。」

呼吸只是稍稍停頓的吉兒，這男人完全沒漏看這個小破綻。

「這樣啊，我終於有點自信了。嗯，妳喜歡我，我也喜歡妳，我們是兩情相悅。妳喜歡我，我也喜歡妳。妳喜歡我……」

「我、我知道了啦，請不要一直重複說……！哇！」

她打算摀住他的嘴，卻突然被抱起來，接著放到坐在床邊的哈迪斯的膝上。

「妳喜歡我嗎？」

哈迪斯懷著期待的眼神緊盯著吉兒。

這甜蜜的氣氛，無法以「怎麼還在問」這種回答搪塞，吉兒低下了頭。

「您、您真不死心，陛下。」

「哼。剛剛說得出口，現在反而說不出口，原來有那麼喜歡我嗎？」

「——你在明知故問吧，陛下！」

一個大男人不該對小孩子那麼做。

吉兒拿起旁邊的大枕頭塞到那張漂亮臉龐上，哈迪斯笑著躲開，接著從後方將她擁入懷裡。

「陛下，真是的！您要是一直鬧下去，我要生氣了喔！」

「這些話要對拉維保密，但我想讓妳知道。」

他的聲音比平時更低沉冰冷，使她的心跳漏了一拍。

「我應該沒有那麼相信未來。幸福家庭計畫只是個無法實現的夢。只是不想受女神擺布、不想讓拉維傷心，所以讓自己扮演優秀的皇帝而已。我一直認為自己這一生大概只會動嘴說說，最終一事無成告終。」

哈迪斯似乎在害怕，抱著吉兒的手臂更加用力了。

「我無法相信自己。但這件事，不能告訴拉維。」

聽到他吐露平日開朗模樣下隱藏的軟弱心聲，吉兒的心裡震驚不已。

（只告訴我。）

原本應該會感到憤怒或悲傷才對。不過吉兒一想這是自己才有的特權，便有股甜甜的微醺感充滿心頭——啊啊，所以才說戀愛就是那麼地任性又自私。

「我明知道危險，卻還是讓妳牽連其中，而且還希望妳能幫忙，真是差勁透了。」

「沒——沒那回事，陛下也非常努力了！會感到不安是很正常的。」

「不過，我喜歡妳。」

吉兒的喉嚨抽了一口氣，慌張地將差點要回頭的臉轉回前方。

沒想到如此一來，他又抱得更緊了。

「……不希望妳離開我。一想到妳會逃走，我就不知該如何是好。」

「才、才不會，我沒有打算要逃——」

「別看我的臉。現在這樣太沒用了……我想在喜歡的人面前保持帥氣的模樣。」

真希望他不要用嘶啞的嗓音那麼悲傷地呢喃。她的心跳快得無法想像，難不成現在他正在玩弄她的心臟嗎？

（話說回來，別對只有十歲的對象那麼認真啊！難道這就是原本的他？這是真實的他嗎？）

她總是差點忘記，他是個只要有心就能做到的男人，真讓人困擾。

「但說真的……最近我也在想，對於年僅十歲的妳懷有這樣的感情，確實很奇怪。」

接著將氣氛瞬間破壞殆盡，也是一如往常高明。

不過，這反倒讓她稍微鬆了口氣，如果再繼續下去，她可能會被那氣氛殺死。

「就是說啊！那今天就到這邊——」

「可是我喜歡妳，也想聽妳說喜歡我……」

他再次進攻，有點低聲下氣地撒嬌。說他對戀愛的知識是零，現在這狀況看來根本是個大謊言。吉兒一邊拚命假裝鎮定，一邊叮嚀道：

「就、就算對我說那些事也沒用，對吧……陛下已經是大人了！」

「大人也只不過是年紀比較大的孩子。」

「請不要說那種藉口，好好加油！我很期待陛下的……！」

「妳那麼說，我無法拒絕啊。不過，有時認為妳是孩子真是太好了，這樣就能一直看著妳變得愈來愈漂亮。可是，還是有點不放心啊，因為妳一定會長成一位美女，一定會讓我很不安，畢竟現在就已經那麼可愛，我是否能夠克制自己呢？」

吉兒臉頰發紅，發出「唔」的低吟聲。從這男人的口中說出漂亮、美女或是可愛這些誇獎，讓她的腦袋發昏，想不出要說什麼話。

「不過假如妳願意說喜歡我，那麼我就願意等待。」

哈迪斯將下巴靠在吉兒的肩膀上不動，完全呈現等待的狀態。

這種甜蜜的折磨究竟是什麼？難道這也是種戰鬥嗎？原來愛就是戰爭這件事是真的。

（——不行，我沒辦法在這裡告白！難度太高了！）

隨便敷衍他逃開吧，不能挑戰贏不了的戰鬥，雖然她也不知道怎麼判斷輸贏。

「今、今天就到此為止！我決定好了，一天早中晚只會說三次！」

「我不用等嗎？沒想到妳那麼積極，這下怎麼辦？」

「不對！是明天才會再說三次，現在請您到此為止！」

「不要，妳現在說。若不現在說，又會敷衍我了吧？我有學到教訓。」

「我、我已經決定不能太寵您！我們畢竟有年齡差距，陛下也要多加考量自己的行為會讓周圍的人怎麼看再行動——」

等她回過神，兩人的唇彷彿理所當然似的交疊在一起。

應該是剛剛吃了點心的關係吧，甜甜的。

這一定比世上任何點心的味道都甜美。

「意思是沒有其他人看就沒關係嘍，妳真是太可愛了。」

趁著完全僵住的吉兒連聲音都發不出來時，哈迪斯一臉認真地說道。

聽見清脆響亮的巴掌聲和怒吼聲，拉維無奈地嘆氣。

「如果沒有愛，怎麼可能贏得過女神呢。這兩人真是半斤八兩。」

不過人類就是種難以理解的生物，而這樣正好。

拉維正是因此才守護著人們。

只要這個街道上、人們、海洋、國家、大地與天空，持續充滿名為愛的真理。

後記

大家好，或者該說初次見面，我是永瀨さらさ。

非常感謝各位願意閱讀拙作。這是曾在ＷＥＢ連載的作品，現在出版成書籍。藉由出版成書的契機，內容做了些增添修改。主角是一名既帥氣又開外掛的小女孩，為了要（幾乎是物理上）避免穿圍裙的男主角墮入黑暗的奮戰故事，無論是從ＷＥＢ連載起就一直支持，或是第一次知道這個故事的讀者，都希望你們能夠開心享受這部作品。

擔任插畫的藤未都也老師，為本作畫出令人傾心不已的帥氣吉兒和哈迪斯，真的感謝不已。其他還有負責的編輯、編輯部的各位、設計師、校對人員、印刷廠的各位，我誠心地向參與這本書出版的所有人士獻上感謝之意。

最後是閱讀本書的各位。因為有你們的支持，現在漫畫製作的企畫也正在進行（註：此為日本出版狀況）。往後仍會持續努力創作讓大家感到有趣的故事，請各位如果願意，也繼續支持吉兒他們。

那麼，希望以後能再相見。

永瀨さらさ

國家圖書館出版品預行編目資料

重啟人生的千金小姐正在攻略龍帝陛下/永瀨さらさ作；李冠妤譯. -- 初版. -- 臺北市：臺灣角川股份有限公司, 2024.04-
冊； 公分. -- (Kadokawa fantastic novels)
譯自：やり直し令嬢は竜帝陛下を攻略中
ISBN 978-626-378-772-8(第1冊：平裝)

861.57 113001905

Kadokawa
Fantastic
Novels

重啟人生的千金小姐正在攻略龍帝陛下 1

（原著名：やり直し令嬢は竜帝陛下を攻略中 1）

2024年4月17日　初版第1刷發行

作　者：永瀬さらさ
插　畫：藤未都也
譯　者：李冠妤

發 行 人：台灣角川股份有限公司
總 監：呂慧君
總 編 輯：蔡佩芬
主　編：林秀儒
編　輯：楊芫青
設計指導：陳晞叡
美術設計：周欣妮
印　務：李明修（主任）、張加恩（主任）、張凱棋

發 行 所：台灣角川股份有限公司
地　址：104台北市中山區松江路223號3樓
電　話：（02）2515-3000
傳　真：（02）2515-0033
網　址：www.kadokawa.com.tw
劃撥帳戶：台灣角川股份有限公司
劃撥帳號：19487412
法律顧問：有澤法律事務所
製　版：巨茂科技印刷有限公司
ISBN：978-626-378-772-8